法外捜査

石川渓月

双葉文庫

―主な登場人物―

滝沢征司……「秀和」の調査員　元警視庁捜査一課刑事
霧島冴香……同調査員　元陸上自衛隊特殊任務部隊員
矢沢翔太……同調査員　元交番勤務の警察官
来栖修……同所長　元警察庁キャリア
沼田信三……同副所長　元公安警察官
佐々倉剛志……警察庁刑事局刑事企画課長　警視長
横光達也……同刑事局長　警視監
海藤重明……同警備局長　警視監
柳田……警視庁公安部外事三課所属の警察官
角田誠……情報屋
橋爪……津賀沼会の元組員
遠野健一郎……居酒屋店主　津賀沼会の元組員
大友……薬師会の組員　津賀沼会の元組員
キング……半グレグループ「紅蓮」の頭
ラン……半グレグループ「紅蓮」の頭

1

午前一時を過ぎた。ようやく昼間の暑さの名残《なご》りが、夜風に流されていった。

滝沢征司《たきざわせいじ》は、駐車場に駐《と》めた車の助手席から、十メートルほど先にある店の入り口を見つめている。ビルの一階に入っている古い造りのスナックだ。

店を見張り始めて三時間ほどたつが、客の出入りはおろか周囲には人影もない。

地下鉄の神谷町駅から五十メートルほど離れた裏通りだ。明かりが点《つ》いているのは、滝沢が見つめている店だけだ。

六本木から地下鉄でわずか一駅だが、この辺りはビジネス街で、夜になると街が息を殺したように静かになる。高層のオフィスビルと古刹《こさつ》が並ぶ独特の雰囲気を持った街だ。

店の中には、最近勢力を伸ばしている半グレグループのリーダーとその女がいる。

ジャケットの内ポケットでスマホが震えた。滝沢が身を置いているコンサルタント会社『秀和《しゅうわ》』の所長、来栖修《くるすおさむ》からだった。

視線を店の入り口から外さず、スマホを耳に当てた。

『滝沢さん、事情が変わりました』

いつもの丁寧で落ち着いた口調だ。

『警察が動き始めました』

「どういうことですか」

『岩瀬《いわせ》がフィリピン行きのチケットを取っていることがわかりました。飛ばれると面倒なので、裏が取れている恐喝で、今夜中に逮捕という方針になったそうです。もうしばらくすると警察が、そちらに向かいます』

岩瀬というのが、店の中にいる半グレのリーダーだ。脱法ドラッグの販売から始まり、最近は振り込め詐欺を組織的に行っているという話もある。一ヶ月ほど前に六本木で若者向けのバーを開店させた。悪事で稼いだ金で正業を始める、典型的な半グレのやり方だ。

岩瀬が連れている女を警察に渡さない。それが滝沢たちの今回の仕事だ。警察の着手はまだ先という情報があったので、比較的余裕をもって行動していた。

『急ぎケリをつけてください』

来栖が当たり前のように言った。

「無茶なことは、言わんでください」

『いつも通り、やり方はお任せします』

来栖は、さらりと言って電話を切った。

滝沢は、スマホに向かって舌打ちをすると、別の場所で店を見張っている霧島冴香《きりしまさやか》に、合流するようにと連絡した。

「面倒な話になったみたいだね」

運転席の矢沢翔太《やざわしようた》が、二十六歳には見えない童顔を向けてきた。元警察官だが交番勤務の経験しかない。基本的な逮捕術は身に付けているが、半グレとの格闘の場で頼りにするつもりはなかった。運転だけをしっかりしてくれればいい。本人もそれを承知している。

窓をノックする音がした。顔を向けると霧島冴香が腰をかがめてこちらを見ていた。今日もスタンドカラーの黒のライダースジャケットに黒のパンツ。足元は黒のライダー用のミドルブーツだ。滝沢より八歳下の二十八歳で陸上自衛隊の元隊員だ。それ以上の経歴は知らない。

滝沢は、来栖から聞いた話を二人にした。目は店の入り口に向けたままだ。

「店の中に何人いるかもわからずに、突っ込めって言うんじゃないでしょうね」

冴香が鋭い目をむけてきた。

岩瀬は、イギリス人の父親と日本人の母親のハーフで、身長は百九十センチ近くあり、体重も百キロを超えている。レスラーかラグビー選手のような鍛え抜かれた身体をしている。喧嘩の強さと凶暴さでリーダーの地位についた男だ。

「じゃあ、僕が見てきますよ」

翔太が軽い調子で言った。

「店は、まだ明かりが点いているんだ。飲む場所を探している感じでドアを開けても、警戒されないでしょ」

客を装って中を覗くことは、滝沢も考えた。それを翔太に任せて大丈夫だろうか。

「滝さんが行ったら、あいつら警察が来たと勘違いして、逃げ出すか、開き直って飛びかかってくるかのどっちかだよ」

翔太が笑いながら言って車を降りた。

「冴香ねえさん、行きましょう」

翔太が冴香の前に立って言った。

「カップルの方が自然でしょ」

翔太の言葉に冴香が頷き、並んで店に向かった。

滝沢は、車を降りて店の周辺に視線を走らせた。

二人が店の前に立ち、いったん顔を見合わせてからドアを引いた。翔太が身体を半分店に入れると、ぴったりくっついている冴香も顔を中に入れる格好になった。

翔太が何度も頭を下げてドアを閉めた。二人並んだまま足早に離れていった。

しばらくして、二人が反対方向から戻ってきた。

「入って左がカウンター。右側には、四、五人が座れるボックス席が三つ壁沿いに並んでいるわ。岩瀬と女は、一番奥の壁際のソファーに座っている。手前のテーブルにスキンヘッドの男が一人。あとはカウンターの中にバーテンダーが一人」

冴香が続けた。

「手前の男はガタイだけで喧嘩をするタイプ。街中での喧嘩なら負け知らずだろうけど、しょせんその程度。バーテンダーは何もできないと思って大丈夫」

こういう時の冴香の判断は信用していい。

「岩瀬はスマホに向かって、早く来い馬鹿野郎って怒鳴ってたよ。早くしないと仲間が増えちゃいそうだ」

翔太が補足した。仲間が集まったら手出しするのは無理だ。

「岩瀬は俺が相手をする。手前の男は冴香に頼む。翔太は裏口から入ってバーテンダーを黙らせてから女の身柄確保」

「ちょっと待って」

冴香が声を上げた。

「岩瀬は私がやる」

「どういうことだ」

「岩瀬の相手は、滝さんじゃ難しい」

冴香が表情も変えずに言った。はったりや意地で動く女ではない。

「冴香はもう一人を倒してから、俺を援護する。それでどうだ」

「間に合わない。私なら、最悪でも滝さんがもう一人を倒す間くらいは、相手ができる」

「わかった。そうしよう」

滝沢は、二人の肩を叩いて歩き出した。

裏口から翔太が入ったのを確認して、滝沢は冴香と店のドアを引いた。

「今日は休みだ」

スキンヘッドの男が、滝沢たちを追い払うように言うと、カウンターの中のバーテンダーに顔を向けた。

「鍵かけとけって言っただろ、馬鹿野郎」

スキンヘッドが怒鳴り声を上げ、手元にあったガラスの灰皿をバーテンダーに投げつけた。バーテンダーが首を引っ込めるのと同時に、後ろの棚の酒瓶が派手な音を立てた。

滝沢は、構わずに店の中に進んだ。

スキンヘッドが立ち上がり近づいてきた。

「聞こえねえのか」

額がくっつくほど顔を寄せてきた。その目が滝沢の後ろに立つ冴香に向いた。

「おめえ、さっきの」

言葉が終わる前に至近距離から、思いっきりアッパーカットを入れた。男の頭が後ろにのけ反った。倒れない。右の拳がしびれるほどの頑丈さだ。素早く男の頭を抱え込むようにして、鼻のあたりに額を叩き込んだ。鼻の骨がつぶれる感覚が伝わってきた。

冴香が脇をすり抜けて岩瀬に向かって行った。

スキンヘッドが両手で顔を押さえて二、三歩後ずさった。

カウンターの前のスツールを両手で持ち上げ、男の側頭部に叩き込んだ。男はテーブルに身体をぶつけ、そのまま崩れるように床に倒れた。

店の奥に顔を向けると、岩瀬と冴香がテーブルをはさんで向き合っている。冴香も女としては背が高い方だが、大人と子供がにらみ合っているようだ。

滝沢がスキンヘッドの身体を飛び越えるのと同時に、岩瀬が目の前のテーブルを蹴り倒した。冴香が左に跳んだ。岩瀬が冴香に飛びかかるように右のパンチを放った。冴香が身体を開いてパンチをよけた。懐に飛び込み、右腕を斜め上に突き上げた。冴香の伸びた指が岩瀬の太い首に深く食い込んだ。岩瀬が濁った声を上げながら喉を押さえて前かがみになった。冴香は、素早く腕を引くと、身体の回転をきかせて岩瀬のこめかみに肱《ひじ》を叩き込んだ。岩瀬の顔が弾かれたように横を向いた。冴香は、わずかに身体を沈めて、岩瀬の左膝にローキックを入れた。岩瀬の足が内側に、くの字に曲がった。

一瞬の間を置いて岩瀬が悲鳴を上げて倒れ込み、膝を抱えてのたうち回った。

店の入り口近くに目をやると、翔太が女の腕を後ろにねじり上げて壁に押さえつけている。レザー風の短いスカートから伸びた長い脚が、小刻みに震えている。バーテンダーは、カウンターの中で倒れているのだろう。

冴香がポケットから出したプラスチックの結束バンドで、女の腕を後ろ手に縛った。女は何が起こったのかわからず、派手な化粧で覆われた顔を恐怖でこわばらせている。

「行きましょう」

冴香が声をかけてドアに向かった。息は全く乱れていない。

店を出て数歩進んだところで、後ろから車の走ってくる音が聞こえた。

「声を出したら殺すよ」

冴香が女の耳元で言った。女は黙ったまま、冴香に引きずられるように歩いている。

車は店の前で止まり、何人かが降りて店に入って行ったようだ。

翔太が運転席のドアに手をかけるのと同時に、店から数人の男が飛び出してきた。

「てめえら、ちょっと待て」

男たちが怒鳴りながら走り寄ってくる。

翔太が運転席に飛び込み、滝沢と冴香は女を押し込みながら後部座席に滑り込んだ。

エンジンをかけ駐車場を飛び出した。滝沢の予想に反して翔太はハンドルを右に切り、男たちに向かって行った。クラクションを鳴らしてアクセルを踏み込んだ。男たちが左右に飛んでかろうじて車をよけた。停まっている車と建物の間は車が通れるぎりぎりの幅だが、翔太はスピードを落とすことなくすり抜けた。

五十メートルほどで交差点に差しかかった。

「街中で追いかけられたら面倒だからね」

翔太が笑いながら言った。

滝沢が後ろを見ると、奴らの車は狭い道でUターンに手間取っているらしく、こちらに車体の側面を見せている。

「あんたたち、こんなことしてただで済むと思ってんの」

女が震える声で言った。

冴香が女に目隠しをして髪を摑んだ。

「黙っていたら危害は加えない」

女は、肩を震わせたまま黙り込んだ。

滝沢は、スマホを出して来栖に連絡を取った。

「お客さんの身柄は確保した。今から約束の場所に連れていく」

『お疲れさまでした。あちらには連絡しておきます』

それだけ言って電話は切れた。

誰も口を開かないまま、車は渋谷を抜けて三十分ほどで世田谷区内の住宅地に入った。しばらくすると、大きな構えの神社が見えてきた。その隣の屋敷が目的地だ。

立派な門構えの屋敷の前に、ダークスーツの男が二人立っていた。門には大久保《おおくぼ》と書かれた表札が掛かっている。

男たちに先導されて車は敷地内に入った。都内の一等地だというのに、玄関の前に車を止めるスペースがある立派な造りだ。滝沢は車を降りて二人の前に立った。

「お嬢さんを、お連れしたよ」

冴香が女を連れて車を降りてきた。目隠しと手を縛った結束バンドはそのままだ。男の一人が滝沢を睨みつけた。

もう一人の男が女に駆け寄り、腕の結束バンドをほどいて目隠しを取った。女は男の顔を見て安心したのか、その場に座り込んで泣き声を上げた。

「じゃあ、確かに渡したぞ」

滝沢は、何か言いたそうな男に声をかけて車に乗り込んだ。

「危ない割には、つまらない仕事だったね」

翔太が自嘲気味に言って車を発進させた。

今回の仕事の依頼主は、大久保隆司《たかし》。五十二歳で当選四回の与党代議士だ。祖父の代から閣僚に名前を連ねる、名門の三代目議員だ。政治家としての実力がどの程度なのか、滝沢は知らない。

女は大久保の娘だった。半グレグループに警察の手が伸びそうだという情報を得た大久保が、娘を連れ戻すように依頼してきたということだ。娘が半グレの一員として逮捕でもされたら、政治生命が終わってしまうと考えたのだろう。

滝沢たちが身を置く秀和の仕事には、こんなものも含まれる。時には、政治家や企業人のスキャンダルを探るような仕事もあった。世の中の役に立つとは言い難いが報酬は大きかった。それで自分を納得させていた。

車は渋谷の街を走っている。この辺りは聞き込みでよく訪れた。そんな日々があったことが嘘のようだ。

警察を辞めて二年がたつ。警視庁捜査一課の刑事。警察官になった時からあこがれていた職場で、自分の信じる正義を実践していると自負していた。だがその仕事が原因で家庭と人生を狂わせ、今は正義とは縁遠い世界で仕事をしている。

窓の外に目を向けた。車は六本木の街に入っている。事務所には十分ほどで着くはずだ。事務所にバイクを置いている冴香を降ろしたら、滝沢は自宅の近くまで送ってもらうことになっている。

窓の外を派手なネオンが流れていく。金曜日の夜とあって、午前二時を過ぎても人通りは多い。華やかなネオンの中を、肌を露出した若い女性たちが歩いている。大久保の娘と同じくらいの年格好だ。これを平和な街というのなら、それに文句をつけるつもりはない。

滝沢は、シートに背中を預けて目を閉じた。

2

間もなく十月の声を聞こうというのに、真夏を思わせる日差しが降り注いでいる。街を歩いている若者も夏の装いだ。

滝沢は、六本木の街を秀和の事務所に向かって歩いている。

昨夜は自宅に帰ったのが午前三時を回っていた。今日は少し身体を休めるつもりだった。ったが、朝方、来栖から呼び出しがあった。

六本木交差点を背にして、外苑東通りを飯倉方面に五分ほど歩き、左に曲がった。その先に秀和が入っているマンションがある。

オートロックの玄関を開き、エレベーターで最上階の八階まで上がった。廊下に面して三つの扉がある。一番奥が秀和の事務所だ。

鍵を開けて中に入る。短い廊下を通って、すりガラスの入ったドアを開けた。広いリビングがそのまま事務室になっている。

「おはようございます。お疲れのところ申し訳ありません」

窓際のデスクから来栖が声をかけてきた。この季節でも濃紺のスーツに白いワイシャツ、そしてネクタイをきっちりと締めている。実直な銀行員を思わせる風貌だが、警察庁元は警察庁の官僚だ。辞めた経緯は知らない。滝沢と同じ年の三十六歳だが、警察庁を辞めた時の階級は、滝沢の警部補より三つ上の警視正だった。お互い警察に残っていたとしても、こうして挨拶を交わすことなどなかっただろう。

秀和を設立した経緯については口にしないが、警察庁時代の上司と、それにつながる政治家あたりが出資している、と滝沢は踏んでいる。

「滝さん、おはよう」

フロアの奥から声がかかった。応接ソファに座った翔太が、コーヒーカップを手に笑顔を見せていた。

向かいには冴香が座っている。滝沢の顔を見て、小声で、おはよう、と言った。すぐに視線を逸らし、セミロングの髪を軽くかき上げた。今日もライダースジャケットだが、昨日の活躍など想像もできない静かな佇まいだ。

その隣に座っているのは、秀和副所長の肩書を持つ沼田《ぬまた》信三《しんぞう》だ。五十歳を少し過ぎているが、無駄な肉はなく、いつも背筋を伸ばしている。現場に出ることはめったになく、仕事を遂行する上での作戦参謀といった立場だ。これで秀和のメンバーが全員そろった。

滝沢は、コーヒーメーカーから紙コップにコーヒーを注ぎ、翔太の隣に腰を下ろした。コーヒーは、毎朝、来栖が淹《い》れる。彼なりのこだわりがあるようだが、豆を替えたと言われても、滝沢には、わからない。旨いことは確かで、全員が毎日飲んでいる。

来栖は自席で電話をかけだした。

ソファーの脇にあるテレビでは、政治家の討論番組をやっている。衆議院の解散総選挙が近いと噂されるなかで、最近はこうした番組が増えている。画面に大久保隆司議員がアップになった。熱弁をふるっているようだ。娘の行動は思うようにならなくても、国の舵取りは語れるということだ。

「昨日は、ご苦労だったな」

沼田が声をかけてきた。かつて警視庁公安部の外事一課にいたと聞いている。公安時代に身に付いた習性なのか、表情から感情を読み取ることはできない。ロマンスグレーの穏やかな中年紳士に見えるが、時折り見せる視線の鋭さは、公安時代の姿を彷彿させる。

「お待たせしました」

来栖が歩み寄ってきた。

「昨日の件でいくつか確認させていただきたいことがあります」

来栖は、隣のデスクから椅子を引き寄せ、滝沢たちを左右に見る位置に座った。

「ちょっと待って」

冴香が声を上げた。

「なんでしょうか」

来栖が穏やかな顔を冴香に向けた。

「もし昨日、五分早くあいつらの仲間が駆け付けていたら、あたしたちは、今頃どこかに埋められてる。政治家や金持ちの裏を探るような仕事とは違う」

来栖は、黙って冴香の話を聞いている。

「冷静に考えて昨日は運が良すぎたわ。本来ならあの状況で店に入るべきじゃなかった」

冴香の言う通りだった。いくら相手の人数がわかったからといって、あそこで突っ込むのは無謀だった。

「俺の判断ミスだったかもしれないな」

滝沢は、冴香に向かって言った。あの場での判断は滝沢に任されていた。

「そんなことを言っているんじゃない。やめた方がいいと思ったら、あたしもその場でそう言うわ」

「冴香さん。結論を」

来栖が落ち着いた声で促した。

「あの手の連中を相手にするときは、こちらもそれなりの武装は必要よ」

「銃を用意すればいいですか」

「できるの」

「この国で銃を持って歩くのはリスクが大きすぎます。それでも皆さんが——」

来栖が言葉を切り、テレビに視線を向けた。

全員の目がテレビに向いた。画面はまだ討論会をやっているが、ニュース速報を知らせる音が鳴っている。画面の上に文字が現れた。

『JR新宿駅で爆発　複数のけが人　警視庁』

画面の文字が消え、新しい文字が現れた。

『JR新宿駅東口駅前広場で爆発　けが人多数　警視庁』

誰も口を開かずテレビを見つめている。

しばらくすると画面が、スタジオのアナウンサーに切り替わった。特設ニュースが始まった。翔太がリモコンでボリュームを上げる。

アナウンサーは短い原稿を繰り返し読んでいる。爆発があったのが午前十一時頃だということだが、速報のテロップで流れた以上の情報はない。

画面がヘリコプターによる上空からの中継映像に換わった。すでに救急車や消防車、警察車両が周辺に集まっている。ブルーシートの上に何人かが横たわり、救急隊員の処置を受けている。重傷者用のテントも張られている。

周辺は人で埋まっている。土曜日の昼前の新宿だ。どれだけ多くの人が、この辺りにいるのか想像もつかない。駅の東口と広場に直接つながっている通路は封鎖されているようだが、他から外に出た乗客や買い物客が集まってきている。

中継の画面に新たな文字が出た。

『三人心肺停止　少なくとも数十人が重軽傷』

同じ内容をアナウンサーが繰り返している。

「信じられんな」

沼田がつぶやくように言った。

「どういうこと」

翔太が沼田に顔を向けた。

「建物の中ならガス爆発といった事故が考えられる。だが広場で爆発というのは

「……」

沼田はそこで言葉を切った。

「爆弾テロ」

来栖が画面を見ながら言った。普段は見せることのない険しい表情だ。

「今の日本でテロを起こすグループなんているの？」

冴香が沼田に顔を向けて訊いた。元公安警察官の沼田の専門分野だ。

「難しい質問だな」

沼田が腕を組んで目を逸らし、わずかの間考え込んだ。

「一般的にテロというのは、政治や宗教、それに特定のイデオロギーに基づいた目的のために、政府や社会に対して恐怖を植え付ける行為とされている。だが時代と共にその形態も複雑になっている」

沼田がひと呼吸おいて続けた。

「自由主義の経済社会では、必ず格差とそれによる不満が生まれる。そして不満と被害者意識が広がり、それらを共有するグループができる。ネット社会では、顔も知らない人間が仲間になることは簡単だ。そしてそれが国家体制や社会の制度を壊す目的で行動を起こせば、警察はテロと位置付ける」

沼田がいったん言葉を切ってみんなの顔を見回した。

「二〇〇八年に起きた秋葉原の無差別殺傷事件を覚えているか。男がトラックで歩行者天国に突っ込み歩行者を撥ね、その後、車を乗り捨てて、刃物で周囲の人を殺傷した事件だ。七人が亡くなっている」

滝沢は黙って頷いた。刑事になる前だったが、警察官になってこれほど衝撃的な事件はなかった。

「それと同じ構図の事件がロンドンであった。二〇一七年に起きたロンドンテロ事件だ。犯人は、テムズ川に架かる橋でワゴン車を暴走させ、歩行者を次々に撥ねた。車から降りた犯人たちは、近くのマーケットで食事中の客を刃物で襲った。死者は八人、負傷者は五十人近くに及んだ。犯人はその場で警察官に射殺された。その後、ＩＳが犯行声明を出した。ヨーロッパで相次いだテロ事件の一つだ」

沼田が小さく首を振って続けた。

「車で無差別に通行人を撥ね、その後、近くにいた人を殺傷する。犯行の形は同じだが、秋葉原の事件は、社会に鬱屈《うっくつ》した感情を持った個人による無差別殺傷事件とされている。だがこの男に同じような感情を持つ仲間がいて、他でも事件を起こして国家や社会を崩壊させてやろうという意図があったらどうだ。これはテロ事件になる」

「無差別殺人とテロは紙一重か。そういう意味で言ったら、今の時代、いつ日本でテロが起きてもおかしくない、ということになるね」

翔太がコーヒーカップに手を伸ばして言った。

「ネットで知り合って犯罪を犯す連中は年々増えている。ネットと言っても裏の世界だ。そこでつながった連中を見つけるのは難しい。警察がやらなければいけないことは、山ほどあるよ」

翔太は、秀和の調査員の顔の他に、ホワイトハッカーの顔を持っている。コンピューターやネットワークに関して、高度な知識と技術を持つ仲間たちと活動している。企業や公的団体からの依頼を受けて、ウイルス対策やハッキング防止の指導をしているということだ。以前、ハンドルネームをｋｏｂａｎ、交番にしていると笑って話していたことがあった。

翔太は制服警察官の時に、警察庁のデータがハッキングされていることを掴み、悩んだ末に上司に報告した。そのおかげで大事には至らなかったが、翔太自身も警察庁のデータにアクセスしていたことを咎められ、戒告の懲戒処分になったと聞いている。

「翔太の言う通りだ。警視庁のサイバー犯罪対策課が中心になるのだろうが、公安も独自にサイバー対策チームを作った。即戦力の人材を求めていたと聞いたが、翔太は、そこには誘われなかったのか」

沼田が言うと、翔太は顔をしかめた。

「非公式に打診はあったよ。でも公安のやるサイバー対策は、捜査対象を裸にするために、どんなシステムにも侵入できる技術が求められるんだ。言ってみれば、令状なしで家宅捜索するみたいなものでしょ。僕には向かない」

「それで警察を辞めたの？」

冴香が少し驚いたような目で翔太を見た。

それには答えず、翔太はコーヒーを口にした。

今回の爆発がテロであれ、社会への歪んだ感情が起こした個人の犯罪であれ、警察が威信にかけて解決しなければいけない事案であることは間違いない。

そして警察としてもう一つ重要なのは、無差別殺人であれば刑事部が、テロと認定されれば公安部が捜査の主導権を握るということだ。一般市民にとっては、どちらでも構わないところだが、警察ではこれが重要な問題になってくる。

ふと気付くと、来栖が険しい表情のまま、テレビの画面の見つめている。

「所長、どうかしましたか」

その言葉で我に返ったように、来栖がいつもの冷静な表情に戻った。

「秀和の仕事は、しばらくはなさそうですね。皆さん待機ということでお願いします」

来栖が落ち着いた声で言って、自分のデスクに戻っていった。

『新しい情報です。警視庁は、現場付近にいた三人の死亡が確認されたと発表しました』

アナウンサーの声で、みんなの視線がテレビに移った。

『さらに、少なくとも三十人以上がけがをして、手当てを受けているということです』

なんの罪もない市民が理不尽に命を奪われた。警察にとってまさに存在意義を問われる事件だ。すぐに特別捜査本部が設けられ、あらゆる部署から人が集められるはずだ。

滝沢は、テレビ画面に映る現場の映像を見ながら、捜査はどこから手を付けるべきか、自分なら何ができるか考えた。

すぐに首を振って、頭の中の考えを追い払った。今の滝沢にできることは何もない。元刑事。元が付けば何もできない。理不尽な犯罪に対する憤りを黙って嚙みしめるしかない。

窓の外に目をやった。日差しは来た時よりも強くなっている。捜査で外を回る捜査員たちの苦労を思った。それでも彼らには正義がある。

都会の明るい空がやけに虚しく見えた。

3

来栖修は、ロシア大使館の裏にあるビルの前で腕時計に目をやった。秀和の事務所から歩いて十五分ほどの場所だ。ビルの地下にあるバーで男と会う約束になっている。指定された午後八時まで、あと五分。入るのにはちょうどいい時間だ。

新宿駅東口駅前広場の爆発事件から二日がたった。死者三人、重軽傷者四十人という被害が出た。新聞もテレビもこの事件で持ち切りだ。いまだに犯人の特定には至っていない。犯行声明も出ていない。

階段を下りると重い木製のドアがある。店名は書かれていない。店の外にカメラが設置してあるのだろう。扉が内側に開き黒服の男が丁寧に頭を下げて、来栖を店に招き入れた。

店内には、会話をじゃましない程度に抑えた、ピアノの音が流れている。壁もテーブルも黒を基調にした落ち着いた雰囲気だ。

「こちらでしばらくお待ちください」

黒服に言われ、ボックス席に着いた。

おそらく別の誰かと話をしていて、終わるまで待っていろということだ。来栖とは会わせたくない相手なのだろう。

来栖を呼び出した男の名は、佐々倉剛志《ささくらたけし》。警察庁時代の先輩であり、現在は刑事局刑事企画課長のポストにいる。四十八歳で階級は警視長だ。かつてこのポストから総括審議官、刑事局長などを経て警察庁長官に上り詰めた者もいる。今のところキャリア官僚として、順調に歩んでいると言っていいだろう。

秀和を立ち上げて、来栖を代表に据えたのが佐々倉だった。彼個人の力で、そんなことができるわけはない。背後にどんな動きがあったのか、来栖は知らない。佐々倉が口にしないことは、あえて訊かない。

佐々倉との付き合いは来栖が東京大学に入った直後からだった。将来、警察庁に入りたいという希望を持っていた来栖は、大学の先輩の紹介で佐々倉に会った。当時の佐々倉は二十九歳で、すでに警視だった。近く、ある県警の捜査二課長として出ることが決まっていると聞かされた。まだ二十代なのに、全く別の世界の人間に見えた。短い時間だったが、佐々倉は警察官僚としてのやりがい、将来あるべき警察の姿について熱く語ってくれた。来栖はこの濃密な時間を経験して、進路を警察庁一本に絞った。

ところが二年後、両親が飲酒運転のトラックに撥ねられ他界した。近い親戚もなく途方に暮れていると、突然、佐々倉が訪ねてきて、両親の仏前に線香をあげてくれた。佐々倉に、これからどうするのかと訊かれた。アルバイトをしながら大学に通うと言うと、そんな時間があったら勉強しろ。これは俺からの奨学金だ。警察庁で待っているぞ。そう言ってまとまった金を渡された。

親が残したわずかな貯金と保険金、それに佐々倉から受け取ったもので、最低限のアルバイトで大学生活を送ることができた。そして卒業後、希望通り警察庁に奉職が決まった。

入庁後、同じ部署に配属されることはなかったが、常に連絡を取り合っていた。

来栖が本庁勤務の間は、定期的に会って話をした。佐々倉は、日本の警察組織の優秀さは世界に誇れるものであり、その能力を無駄なく効率的に活かすのが警察官僚の仕事だと繰り返した。

今はそれが十分に活かされているとは言い難い。組織の改革と人事評価の在り方、部署を越えた情報共有のシステムを作ることが必要だ。全ては国民の安全と安心を守ることにつながる。それが佐々倉の考える理想の警察像だった。

一方で佐々倉は、決して理想だけを口にする男ではなかった。理想を実現するためには、警察庁の中で地位を上げていかなければならない。今はたとえ必要な時に口を閉ざすことがあっても、現実の出世争いに勝ち残らなければいけない。

来栖自身、理想とは違う警察組織の姿も、嫌と言うほど目にしていた。否応なしに放り込まれる出世争いがその一つだ。同期の中での足の引っ張り合い、政権への阿《おもね》り。時には現場への不当な介入まで起きてくる。

佐々倉は、その全てを乗り越えて地位を手にすることで、理想を実現させると言った。実際に佐々倉に蹴落とされ、出世レースから外れていった官僚の姿も見ていた。

来栖が、警察庁を辞めざるを得なくなった時に、声をかけられた。自分が信じる警察改革を実現するために、力を貸してほしい。佐々倉の目は真剣だった。

来栖も十年以上、警察庁に身を置いていた。佐々倉の言葉を額面通りに信じるほど甘くはなかった。同時に、この男なら何かをやってくれるという期待があった。行動を共にすることで、自分の信じる道を実現できるかもしれない。今も、その思いは持っている。

「お待たせしました。ご案内いたします」

黒服が声をかけてきた。

店の奥の個室に案内された。この部屋も黒を基調にした落ち着いた雰囲気だ。四人掛けのボックス席が二つ。部屋にいるのは佐々倉一人だった。テーブルに飲み物は置いていない。

「待たせてすまなかったな。座ってくれ」

佐々倉が厳しい表情で言った。

来栖が腰を下ろすのと同時にノックの音がした。佐々倉が返事をすると、ドアが開き黒服が入ってきた。二人の前に氷が入った水のグラスを置き、黙って頭を下げて出て行った。

「新宿駅東口の爆発事件が面倒なことになっている」

黒服が出たのを確認して、佐々倉が言った。

事件が起きてすぐ、新宿署に刑事部と公安部合同の特別捜査本部が置かれ、同時に警視総監を長とする総合警備本部も設置された。

捜査本部には、捜査一課を中心に鑑識や科捜研。そして公安部からは、公安と外事の精鋭が入っていると聞いている。組織犯罪対策部や各所轄からも大量に捜査員が動員されているはずだ。おそらく二百人は超える規模になっているだろう。

「警視庁は事件名をＪＲ新宿駅東口駅前広場爆発事件としているが、当然テロを視野を浴びている」

佐々倉が、いったん手元のグラスに目をやり、すぐに来栖に視線を戻した。

「公安はいつものように、情報を抱え込み、捜査本部にすら上げない。それを許しているのは、警備局長の海藤《かいどう》だ」

警視庁をはじめ、全国の公安警察官は、警察庁警備局の指揮下にある。そのトップが海藤重明《しげあき》だ。

「さらにこれだ」

佐々倉が上着の内ポケットから、新聞のコピーを取り出した。大手全国紙の今日の夕刊の一面だ。来栖もすでに目にしていた。

『捜査方針巡り対立』

今回の事件の捜査を巡り、刑事部が公安部に対して、これまで集めたテロ関係の捜査資料を、全て出すように求めたのが発端だとしている。公安側は、必要と認められるものは出すが、全てを見せるわけにはいかないと答え、対立が続き、捜査に支障をきたしかねない状況に陥っているとしている。

「これは幹部会議の席で、無理筋とわかりながら刑事部長が発したものだ。やり取りを知っている人間は極めて限られる」

「刑事部のリークではないのですか」

「どちらもそこまで馬鹿じゃない。今の段階で警察が世間から信頼を失い、批判を浴びることになったら、刑事も公安も関係ない。幹部が総入れ替えだ」

佐々倉が、深刻なのはここからだ、と言って来栖を見つめた。

「このリークがきっかけで、警察庁、警視庁とも幹部の間に疑心暗鬼が広がっている。誰が誰の足を引っ張ろうとしているのかわからないということだ。刑事局も警備局も、信用できる人間だけによる情報の囲い込みが一層激しくなった。はっきり言って、組織が十分に機能していない。それが現状だ」

「それを何とかするのが警察官僚の――」

「現実的な話をしたい」

佐々倉が来栖の言葉を遮《さえぎ》って続けた。

「今回の爆発事件について秀和で調べてほしい」

思いもしない言葉だった。いくら情報の囲い込みが激しくなっていると言っても、警察が総力を挙げている捜査以上のことが、秀和にできるとは思えない。

「事件を解決してくれと言っているのではない。あらゆる面から情報を集めてほしい」

来栖は、テーブルの上のグラスを見つめながら考えた。

佐々倉は、刑事局のトップである警察庁刑事局の横光達也《よこみつたつや》局長の子飼いだ。横光刑事局長と海藤警備局長は同期入庁で、警察庁長官レースの先頭を走り、しのぎを削っている。

今回の捜査の主導権を握り、手柄を立てることで、長官レースで頭ひとつ抜け出すことができるのだろう。うまくすれば、相手に致命的なダメージを負わせることもできるはずだ。主導権を握るのに必要なのは一にも二にも情報だ。

「秀和が集めた情報は、事件の解決のために使われるのですか。それとも長官レースの道具にですか」

来栖の問いかけに、佐々倉は小さく首を振った。

「この事件が解決しなければ、警察は国民から見放される。それでも情報の囲い込みは行われている。それが現実だ」

そこまで言って、佐々倉は、ふっと身体の力を抜いて、穏やかな笑みを見せた。

「君が言いたいことはわかる。確かに私は横光刑事局長に、警察庁長官になってほしいと考えている。理想を実現するためには、組織の中で上に行くことが必要だ。そして、これだけ大きな事件だから、警察改革のきっかけにできる。私はそう信じている」

横光刑事局長と海藤警備局長の長官レースは、事件解決までいったん棚上げ、とはならないのが現実だ。それでも、やる価値のある仕事だ。事件解決に力を発揮することで、秀和がこれから一定の影響力を持つこともできる。

「ひとつ確認したいことがあります」

仕事を引き受けるにしても、ただの使い走りになるわけにはいかない。

「捜査本部に上がった捜査情報はもちろんですが、佐々倉さんが摑んだ情報についても、全て教えていただけますか」

「当然だ」

佐々倉は、躊躇《ためら》うことなく答えた。

「ただ残念だが、今のところ実行犯や背景について、具体的な情報は上がっていない」

捜査については、佐々倉の言葉を信用するしかない。来栖には、もうひとつ、気になっていることがあった。

「今回の事件の背景に、警察も実態を摑んでいない強大な組織の存在がある。その組織が動き出した。疑心暗鬼の原因はそこにある。そうはお考えになりませんか」

事件の一報を聞いた時から感じていたことだった。

来栖の問いかけに、佐々倉はわずかに首を捻《ひね》った。

「都市伝説に捉われるとは、君らしくないな。事件が解決すれば全てがわかる。私は君を信頼している。力になってほしい」

佐々倉の口から、存在を否定する言葉は出てこなかった。代わりに出てきたのは、都市伝説という言葉だ。今はこれで十分だ。

「わかりました。やらせていただきます」

佐々倉の目を見たまま頷いた。

「期待している」

佐々倉が落ち着いた声で言って、腕時計に目をやった。

事件解決のめどが立たない中で、佐々倉に、時間の余裕などないはずだ。別の人間と会う約束があるのだろう。

「これで失礼します」

来栖は立ち上がった。

「すべてが解決したら、ゆっくりやろう」

佐々倉が笑みを浮かべて言った。

黙って頭を下げて部屋を出た。黒服がドアまで先導した。

階段を上がりビルの外に出ると、夜の喧騒に身体を包まれた。

思いもかけない展開になった。秀和が、この事件の解決に力を発揮する機会を与えられた。背景に触れた時、佐々倉は都市伝説だと一蹴した。それは来栖が考えている組織の存在を意識しているからに他ならない。

存在を確認した者はいないが、警察関係者だけでなく政財界のトップに立つ人間なら、誰もがその気配だけは感じる組織。誰が名付けたのか、警察関係者の間ではスサノウと呼ばれている。日本神話の破壊の神。そして新しい国を造る先駆けとなった神。

誰もが都市伝説と言って、正面から見ることを避けている。

その見えない組織が動き出した。事件の一報を聞いた時から、そう感じていた。いつかこの日が来る。警察庁にいた頃から持ち続けてきた感触だ。

立ち止まり、深呼吸をした。昨日までとは明らかに違う風が来栖の頰をなでた。秋の気配を感じる風だった。

4

渋谷駅の近くの焼鳥屋街に入った。どの店もサラリーマンや若者で賑わっている。

滝沢は、焼鳥屋が並ぶ一角から、さらに駅を背にして進んだ。数分歩いただけで、賑やかな店が少なくなった。緩やかな坂道の中ほどにあるビルの二階の居酒屋に入った。

カウンターの中から、初老の店主が笑顔を向けてきた。覚えてくれていたようだ。

「いらっしゃい。奥でお待ちですよ」

しゃがれた声で言った店主に、軽く手を上げて挨拶し、奥の小上がりまで進んだ。

「待たせたな」

滝沢が声をかけると、生ビールのジョッキを半分ほど空けていた先客が顔を上げた。

「滝さんから声がかかるなんて、珍しいこともあるもんだ」

男が人懐っこい笑みを浮かべて言った。フリージャーナリストという肩書きで仕事をしている、情報屋の角田《かくた》誠《まこと》だ。

短く刈り込んだ髪、丸顔に太い眉毛。いつもの穏やかな笑顔。和菓子屋の二代目だと言ったら誰もが納得するだろう。この笑顔が曲者だ。まだ三十代前半だが、裏社会に詳しく、かなりの修羅場もくぐっている。

現役時代、この男の情報に何度も助けられた。見返りは、ポケットマネーのこともあれば、捜査に影響のない範囲で、それでも週刊誌に特ダネとして売れるネタを提供したこともあった。現役を離れてから連絡するのは初めてだった。

注文を取りに来た従業員に生ビールを頼んだ。

「今日は、なにごとですか」

生ビールのジョッキを軽く合わせると、角田が興味津々という顔で訊いてきた。

「新宿の爆発事件の被害者のことだ」

「犯人じゃなくて、被害者ですか」

「犯人を訊いたら教えてくれるのか」

「そっちについては、全く情報なしです」

今はそれでよかった。滝沢が知りたいのは、被害者の正確な情報だ。

事件では三人が死亡している。

一人は二十一歳の女子大学生だった。報道で見る彼女の顔は明るく笑っていた。剣道部の主将で、将来は教師になって子供たちに剣道を教えるという夢を持っていたと紹介されている。テレビは繰り返し彼女を取り上げて、事件の残虐さを訴えている。

滝沢が、今夜、角田に訊きたいのは、他の二人についてだ。

七十八歳の津賀沼雄平《つがぬまゆうへい》と二歳下の妻の弥生《やよい》。無職の老夫婦として紹介されていた。下町の小さな一軒家に住む穏やかな老夫婦だという、近所の人のインタビューも報道されている。

「お察しの通り、津賀沼会の元会長、津賀沼雄平とその奥さんです」

新聞で名前を見た時に、記憶の奥に引っ掛かるものがあった。現職の組対(組織犯罪対策部)の誰かに訊けば確認は取れただろうが、現役との接触は避けたかった。いまさらそれを知ったところで、何ができるわけでもないが、妙に気になって、角田に連絡をとったのだ。

「マスコミもわかっちゃいるんですけど、何しろ犠牲者ですからね。引退して年月が経っていることもあって、いまさら過去をさらけ出すこともできずにいるって感じですよ」

滝沢は、津賀沼のことを直接知っているわけではない。組を解散して引退したのは、十年ほど前のはずだ。津賀沼会長については、会の事務所があった地域を担当していた先輩刑事から、何度も話を聞かされていた。

かつては武闘派として鳴らし、義理と人情を大切にする昔気質のヤクザだったそうだ。暴対法で、シノギが厳しくなり、暴力団は生き残るために、地下に潜り、それまで以上に巧妙で悪質な手法を取るようになっていた。津賀沼は、もう自分のような男の時代ではない、と言ってあっさり引退した。

「今回の事件と何か関わりがありそうか」

いまさら訊いても意味がない。そう思いながら口にしていた。

「組対がいろいろ探ったようですが、引退してからはきれいなものです。あの日は、昔なじみが新宿三丁目でやっている店に、夫婦で昼飯を食べに行く途中だったということです」

相変わらず、情報はしっかりしている。

「サツの皆さんはそこまでなんだけどね」

角田は、意味ありげな表情を向けてきた。

「その昔なじみってのが、ちょっと引っ掛かってるんですよ」

「やばい筋とでもつながってるのか」

「そいつは真っ白です。でもその店に顔を出した男に面倒なのがいるんで、ちょっと気になってはいたんです」

「調べているのか」

「何が金になるかわからないのが、この世界ですからね。ただ今のところ、この男について具体的にどうこう言える話はありません」

角田がジョッキに残っているビールを飲み干した。

「忙しいのに、つまらないことで悪かったな」

滝沢は、ポケットから封筒を出して角田の前に置いた。これ以上、角田から情報を聞いたところで、何ができるわけでもない。ただ気になったことを放っておくことができなかった。今も刑事の時の性《さが》が顔を出す。この事件では特にそうだった。

「話は、これだけでいいんですか」

角田が拍子抜けしたような顔をして、これは結構です、と言って封筒を戻した。

「この程度の話なら、ここの飲み代だけでいいですよ。俺は久しぶりに滝さんに会えて嬉しいんだ。ゆっくり飲みましょうよ」

角田が冷酒を注文した。

すぐに冷酒の二合瓶が運ばれてきた。角田が二人のグラスに冷酒を注ぎ、改めてグラスを合わせた。辛口のいい酒だった。

「訊きたいことがあるんだろ。言ってみろよ」

滝沢は、角田のグラスに冷酒を注ぎながら言った。滝沢と会えて嬉しいから報酬がいらないなど、この男には似合わない。

「やっぱり滝さんは話が早い。好きだな、そういうところ」

角田が冷酒を飲み干し、上体をすっと傾けてきた。

「新宿の爆発、秀和が動いているんですか」

秀和の名前が出てくるとは思わなかった。

「俺の個人的な興味だ」

「本当ですか」

角田の目が細くなった。

「もし仕事だったら、正直にそう言うさ」

答えを聞いた角田は、しばらく滝沢の目を見つめた。やがて身体を戻すと和菓子屋の笑顔になった。

「つまんねえな。何か面白いことがあるんじゃないかと、期待していたんですけどね」

角田がおどけた口調で言って、グラスを干した。

「それより、秀和を知っているのか」

滝沢が訊くと、角田は驚いたような顔をした。

「こっちの世界じゃ注目株でしたよ。何せあの来栖修が、警察庁《サッチョウ》を飛び出したとたんに設立したんですからね」

思わぬ答えだった。

「所長はそんなに有名人なのか」

「本気で言ってるんですか」

角田は、まいったな、と言って笑った。

「来栖は現役時代に、サッチョウの幹部の不正の証拠を握ったようなんですよ。その幹部は、天下り予定の業界から、結構な額の現金を受け取っていたって話です。ある週刊誌の記者が、その端緒を摑んで取材を始めた。それで金を渡していた業界の関係者が、慌てて火消しに走ったので、かえって情報が広がってしまったんです。私もそうですが、他の週刊誌の記者やフリージャーナリストを名乗る連中が必死になって、追っかけました」

角田は、いったん言葉を切って、自分のグラスに冷酒を注ぎ、ひと息に飲み干した。

「ところがそのネタは表に出ないまま、来栖はサッチョウを辞めてしまった。何があったのかは推して知るべしですがね」

角田は、首を振りながら冷酒を注ごうとしたが空だった。大声でお代わりを頼んだ。

「来栖がその証拠を、どう使おうとしたかは知りませんが、あっと言う間に証拠の根拠を握りつぶされたんでしょう。当たり前ですよ。サッチョウが身内を守るために本気になれば、来栖の持ってた証拠なんて、ただの紙切れにするのは簡単だ。それでも辞める必要があったのか。他にも何かきな臭い事情があったようなんですが、そっちはとうとうわからずじまいでした」

新しい冷酒の二合瓶が来た。滝沢は、角田と自分のグラスに冷酒を注いだ。

「その来栖が、すぐに六本木に秀和なんていうコンサルタント会社を作った。何が目的か、誰が金を出しているのか。そりゃあ、嫌でも気になりますよ」

角田がグラスを持ったまま上目遣いで滝沢を見た。

「残念だが、俺は秀和のバックや設立の経緯は一切知らない。来栖にスカウトされて、金のために働いているだけだ」

滝沢が答えると、角田はあっさりと頷いた。

そこからは、最近の裏社会の噂程度の話が続いた。一時間ほど飲んで角田と別れた。

久しぶりに飲んだ酒で身体が火照っている。頬に風が当たった。秋の気配を感じる風だ。街を歩き回る捜査員も少しは楽になるといいが。滝沢は一瞬そう思ったが、すぐに頭を振った。犯人が逮捕されない限り、捜査員の心は楽にならない。地べたを這いずり回るような苦労が闘志に変わり、さらに執念に変わっていく。

真夏の炎天下で、冬の寒さの中で、靴底をすり減らし一つ一つ事実を積み重ねていく。被害者や家族の怒り、悲しみを背負う。容疑者の嘘と虚勢に向き合う。

容疑者を逮捕したとしても、何年も刑務所に入れられるような犯罪を犯した人間が、簡単に自供などしない。それを突き崩すことができるのは、刑事が地道な捜査で集めてきた証拠だけだ。

警視庁を去ってから改めて思った。刑事を支えているのは、それぞれが持つ正義と誇りだ。普段はそんなことを口にする刑事はいない。それでも自分が信じる正義がなければ続かない仕事だ。

警視庁に残っていたら。

新宿の爆発事件が起きてから、何度か頭に浮かんだ言葉だ。そのたびに頭を振って、つまらない思いを追い払った。津賀沼老人のことも、わざわざ角田を呼び出して訊いたところで、今の滝沢には意味がないことだった。

渋谷駅の方向に歩き出した。すぐに賑やかな焼鳥屋街に入った。滝沢は何も考えず、最初に目に入った店の暖簾《のれん》をくぐった。一人でもう少し飲みたい気分だった。

5

「どういうこと」

翔太が素《す》っ頓狂《とんきよう》な声を上げた。

冴香と沼田は、眉をひそめて来栖を見つめている。

滝沢は、コーヒーカップを持ったまま、来栖の次の言葉を待った。

今朝早く、来栖から事務所に集合するようにと連絡があり、全員が顔をそろえている。

「新しく入った秀和の仕事です。新宿の爆発事件について情報を集めてください」

「今までの仕事とは、だいぶ違いますね」

沼田が鋭い視線を来栖に向けた。

「いったい、どこからそんな依頼がくるんですか」

依頼主について、こちらから訊くことなど、沼田はもちろん、滝沢たちにも経験がない。

「警察庁の幹部です」

来栖の答えに、一瞬、間があいた。

「そんなこと話してしまって、いいんですか」

「今回は特別です。全てを知った方が、皆さんの仕事がしやすいと判断しました」

四人が黙って来栖を見つめた。

「依頼主は秀和の設立にも関わっている、警察庁刑事局の刑事企画課長の佐々倉氏です。後ろには警察庁の横光刑事局長がいます」

刑事企画課長といえばキャリアの警視長クラス、そして刑事局長は警視監だ。現場の警察官にとっては雲の上のさらに上の存在だ。

来栖が説明を続けた。警視庁総動員の態勢で捜査が続いているが、刑事部と公安部の情報の囲い込みが続いている。さらに幹部会議での発言がリークされたこともあって、幹部が疑心暗鬼になり、捜査本部が機能しなくなっている。背景には刑事局長と警備局長の警察庁長官の椅子を巡る争いがあるということだ。

「情報の囲い込みって、刑事と公安は同じ警察なんでしょ」

冴香があきれたような口調で言って滝沢に顔を向けてきた。

「仕事のやり方、そして何より目的が全く違うんだ」

沼田が代わりに答えてくれた。

「刑事は事件が起きてから仕事が始まる。そして犯人を逮捕したらそれが勝利だ。ところが公安は事件が起きたらそこで敗北なんだ。常に情報を集めて、テロや破壊活動を事前に阻止する。それが仕事だ。その過程で刑事犯罪があっても、見て見ぬふりをすることもあれば、検挙せずにそれを利用することもある。情報が全てだ。だから自分たちが集めた情報は、他には絶対に出さない。過去にも情報の囲い込みで、捜査が停滞したことがあった。事案が大きければ大きいほど、その傾向は強くなる」

沼田が言っているのは、一九九五年に起こった警察庁長官狙撃事件のことだ。

「確かに警備課の連中は、他とは全然違う雰囲気だったな。四六時中、張り詰めた顔してた。自分の仕事の話をすることは絶対になかった。一緒にいると、こっちまで緊張したよ」

翔太の言葉に沼田が苦笑いを浮かべた。所轄署の公安警察官は警備課に所属している。

「警察庁の長官って、そんなになりたいものなの?」

冴香が沼田に顔を向けて訊いた。

「警察庁で刑事や警備の局長まで行ったら、次の異動でほぼ先が決まる。長官官房長になれば、かなりの確率で次は警察庁次長から警察庁長官、全国二十六万人の警察官のトップだ。二人の局長が同期なら、長官レースの最後の段階だ。必死になるのも無理はない」

「お偉いさんの出世争いに利用されるのはごめんだわ」

冴香が冷たく言って視線を窓の外に向けた。

冴香の言い分は、もっともだ。滝沢も長官レースのために働くのはまっぴらだ。だがこの事件に触れてみたい。その気持ちが胸の中で膨らんでいくのを止められなかった。

「所長の考えというより、佐々倉の思惑がわかりかねますね」

沼田が来栖に顔を向けた。

「いくら情報の囲い込みや疑心暗鬼が生まれたと言っても、日本の警察の組織捜査能力は世界でもトップクラスです。俺たちがどうあがいても警察の捜査に勝るとは思えません」

「警察に勝る点があります」

来栖は、再び全員を見回した。

「皆さんは司法警察職員ではありません。今回は、それが有利な点になると考えています」

「令状もいらなければ、人権配慮も必要ないということですか」

滝沢は、皮肉を込めて来栖を見た。

「法律に守られた組織では手に入らない真実がある。私は秀和の仕事を通じて学びました」

「元とはいえ、警察官僚の言葉とは思えませんね」

「私は警察庁を放り出された男です」

来栖が不敵にも見える笑みを浮かべて言った。

「佐々倉が、どういう男かは知りませんが、キャリアが我々を運命共同体と考えるはずはない。長官レースのための使い捨ての駒でしょう。いつ梯子を外されるかわからない。そんな状況で取り組むのは、気が進みませんね」

沼田が険しい表情のまま首を振った。この仕事の危うさを、誰よりも感じているようだ。

「秀和は、佐々倉氏と私の信頼関係からスタートしています。そこが崩れたら、秀和の存在そのものが成り立たなくなります」

「面白そうな仕事だね」

翔太が静かな声で言った。

「僕はこの二日間、ネット上のいろいろな情報を当たってみた。パソコンを立ち上げれば誰でも見られるサイトじゃないよ。言ってみればネットの裏社会みたいな世界にね」

翔太の表情は、いつもと違って自信と不敵さを感じさせた。

「面白い書き込みは、けっこうあった。警察がどこまで入り込んでいるかはわからないけど、探る価値がありそうなものも、いくつか見つけた」

翔太の言葉に、来栖が微笑みを浮かべて頷いた。

「俺も少し気になることがあるので当たってみた。さらに突っ込んでみる価値がある情報もあった」

死んだ津賀沼元会長が行くはずだった店。角田が何かを感じたのなら、そこは当たる価値があるはずだ。

「滝さんも翔太も、この事件を調べてるの」

冴香が二人を非難するように言った。

「僕は毎日のルーティーンワークの一環さ。これほど面白いネタはないからね」

「では滝沢さんと翔太さんは、この仕事受けていただけますね」

来栖の言葉に滝沢は黙って頷き、翔太は笑顔を向けた。

「沼田さん、冴香さん。いかがですか」

沼田は、少し考えるような顔を見せてから、大きく息を吐いた。

「滝と翔太がやるのなら、放っておくわけにはいかないでしょう」

「冴香さん、どうしますか」

来栖が声をかけると、冴香は厳しい目を返した。

「あなたは、テロを起こした組織について、何か心当たりはあるの」

「今のところ、全くの白紙です。スタートラインは警察と一緒です」

冴香が来栖から目を逸らし考え込んだ。単に出世争いの道具になるのを拒んでいるのではない。何か今回の事件に引っかかるものを抱えている。滝沢にはそう見えた。

それが何かは、わからない。必要があれば冴香が自分の口で話すはずだ。

「この仕事は、秀和にとって必要なものだと考えています。引き受けられないというのであれば、この場から去っていただきます」

来栖が、きっぱりと言った。

冴香は、わずかな間を置いて頷いた。

「それでは、最初は、皆さん得意の分野で、それぞれ動いてください。活動資金は口座に振り込んでおきます」

来栖は、いつもの事務的な口調に戻っている。

「情報のまとめ役は、私がやろう」

沼田が言って、全員が頷いた。

「警察みたいに毎日捜査会議をするつもりはないが、一日に一回は連絡をくれ。余裕があれば、ここに顔を出して報告してもらった方がありがたい。情報は全て共有する」

「沼田さんは、ずっとここにいるつもりなの」

翔太が声をかけた。

「もちろん俺も動くが、情報の取りまとめ役は必要だ。しばらくは泊まり込むつもりでいる。今回の件は、今までとは違う。特別態勢でいこう」

沼田の私生活について話を聞いたことはないが、妻とは別れたというニュアンスの言葉を聞いたことがあった。

事務所はマンションに手を入れて使っているので、バスルームもベッドルームもある。玄関の脇にある一番狭い部屋は、翔太が作業部屋と呼んでいる専用の一室だ。翔太のリクエストでそろえた、パソコンや周辺機器が置いてある。

滝沢は、今すぐに街に飛び出していきたい気持ちだった。久しぶりに血が騒いでいる。だが現役時代とは違う。警察の捜査と同じことをしていたのでは秀和の存在意義がない。

できることを一つ一つ頭の中に並べていった。

ふと窓の外に目をやると、高く澄んだ青空にイワシ雲が浮かんでいる。今年初めて見る秋の空だった。

6

事件から四日たった。新聞やテレビは、今日も爆発事件のニュースを盛んに報じている。

滝沢は新宿駅の東口に立っていた。夕方に再度、情報屋の角田と会う約束になっている。現場をじっくりと見るために約束より早くここに来ていた。

爆発があったのは東口の正面で、駅ビルと新宿通りの間にある広場だ。現場は、広い範囲でブルーシートで覆われ、制服の警察官が四方に立っている。目と鼻の先には交番がある。

テレビ局のロゴの入ったカメラを担いだカメラマンや記者、それにリポーターらしい姿が周辺をうろうろしている。

平日の昼間だが人通りは多い。防犯カメラは、周辺も含めて複数設置されている。警察で詳細なチェックが進められているはずだ。爆発物を置いて立ち去った人間の映像が確認され、現場を回る刑事たちに写真が配られているだろう。ここ数年、防犯カメラの映像を次々にたどっていく、リレー方式と呼ばれる捜査手法が効果を上げている。

「滝さん」

声に振り返ると角田が笑顔で立っていた。

近くの喫茶店に入った。昔ながらの喫茶店だ。客の数は少なく、周りに話を聞かれる心配はない。

「今回の爆発事件について秀和が調べることになった」

滝沢が切り出すと、角田は上目遣いで滝沢を見て、にやりと笑った。

「最初から決まってたんじゃないでしょうね」

「あんたを騙すようなまねは、後が怖くてできないよ」

滝沢が笑いながら答えると、角田は砂糖をたっぷり入れたコーヒーをひと口すすった。

「何を調べればいいですか」

「亡くなった津賀沼会長が行く予定だった店について知りたい。ただし警察が、そこに手を伸ばしているのなら考え直す」

「秀和が警察と同じことをしても、意味がないってことですね。その点なら大丈夫ですよ」

　角田が自信たっぷりに答えた。

「元とはいえヤクザの親分でしたから、組対がいろいろ調べてはいます。間違いなく、あの日の昼に夫婦で飯を食べにくる約束をしていたと聞いて、納得して帰ったそうです。十年前に引退した年寄りを殺《や》るのに、あそこで爆弾を使うとは考えられないですからね」

　角田の答えを聞き、滝沢はジャケットの内ポケットから封筒を出してテーブルに置いた。

「当面の資金だ」

　角田が封筒を手に取り中身を確認して、ポケットにしまった。

「思った通り秀和は資金が潤沢なんですね。いいですよ。なんでも聞いてください」

「あんたは何に引っ掛かっているんだ」

　まずそれが知りたかった。この男の勘は頼りにしていい。

「津賀沼会長が行くはずだった店の店主は、遠野《とおの》健一郎《けんいちろう》という三十一歳の男です」

角田が説明を続けた。遠野は、高校三年の時に暴力事件を起こして退学処分を受けた。アルバイトをしながら街で遊び歩いている時に、ヤクザとトラブルになった。若さのせいで怖いもの知らずだったのだろう。ヤクザ相手に一歩も引かず喧嘩になり、ボコボコにされて事務所に連れていかれた。その相手が津賀沼会長の兄弟分の組だった。たまたま事務所にいた津賀沼会長が、一目見て遠野を気に入り、引き取ったということだ。

「津賀沼会は当時でも珍しく、若い衆に、きっちりと行儀見習いをさせていたそうです。遠野は修業に耐えて、会長にも気に入られていたそうですよ」

ほぼ三年を津賀沼会で過ごしたが、会長が組の解散と引退を決めた時に、他の組の世話になる気はない、と言って堅気になった。それが十年前のことだ。

会長がかつて世話をした堅気の居酒屋で、一から板前の修業を始めた。三年前、その店の主人が引退した跡を継ぐ形で、店を始めたということだった。

「こいつが、いい男なんですよ。あの津賀沼会長が気に入ったのも頷ける。そんな男だから料理の修業もしっかりして、味は飛び切りです。おまけに安いときているからね。私も週に一度は顔を出していますよ」

角田の話から、芯のある人物像が浮かんでくる。

「問題はここからです」

角田は表情を引き締めて続けた。

「遠野が津賀沼会長の世話になった頃、もう一人、同じ年の男が組にいたんですよ。橋爪《はしづめ》って奴なんですが、こいつはどうにも中途半端な野郎でね。会長の兄貴分の組から、鍛え直してくれと言われて預かったそうです。津賀沼会に移ってからも、何度か破門になってもおかしくないことをやらかしているんですが、会長が、破門にしたらもっと悪さをして、人さまに迷惑をかける、と言って手元に置いといたそうです」

津賀沼らしい考え方だ。だが橋爪はなぜ厳しい津賀沼の元から逃げ出さなかったのだろう。微かに疑問が湧いたが、今は角田の話を全て聞くことにした。

「遠野とは正反対の男ですが、年が同じということもあって、二人の関係は悪くなかったようです」

角田がいったん言葉を切って店の中をチラリと見回してから話を続けた。

「橋爪は、組が解散するのと同時に姿を消したんですが、どこで聞いたのか、遠野が店を開いてすぐに顔を出したそうです。その後も、忘れた頃に、ふらりとやってきていたということです。私が最後に店に行ったのが、事件の二日前ですから二十六日です。その少し前に橋爪が店に来た時に、津賀沼さんが昼飯を食いに来ると言ったら、会って詫びを入れたいと言うので、遠野が会長に連絡したそうです」

「それが気になるのか」

滝沢が訊くと、角田は渋い顔でコーヒーを口にした。

「すみません。改めてそう言われると、何が引っ掛かってるのか自分でもよくわかんないんですよ。強《し》いて言えば、橋爪が津賀沼さんに詫びを入れたいっていうのがね」

角田の歯切れは悪いが、滝沢は十分な期待を感じていた。誰にでもわかる不審な点なら、角田に訊く必要はない。この男の持っている情報屋としての勘、これは信用していい。

「会えるか」

滝沢が声をかけると、角田は腕時計に目をやってから頷いた。

角田の案内で店に向かった。新宿通りを進み、明治通りを渡って左に入った。新宿三丁目の飲み屋街だ。この距離なら、津賀沼夫妻が駅から歩くのも苦にならないだろう。

古くからある飲み屋と若者向けの新しい店が並んでいる。午後五時を回り、ほとんどの店が開いている。

遠野の店は、三丁目の東側の通りの、ビルの一階に入っていた。立地としては悪くない。先代の店主から引き継いだのでなければ、二十代でここに店を出すのは難しいだろう。

「おかしいな。五時には店を開けてるはずなんですけどね」

角田が引き戸に手をかけると、すんなりと開いた。

中に声をかけて店に入った。

「角田さん」

カウンターに座っていた女性が立ち上がった。胸に赤ん坊を抱いている。二十代半ばに見える。化粧をしていないせいか、どことなく疲れた陰があった。

滝沢は店の中を見回した。左手に七、八人が座れるカウンター、右に四人掛けのテーブル席が二つ。清潔感のある店だ。

「かわいいね。何ヶ月だったかな」

角田が女性に近づいていき、赤ん坊の顔を覗き込んだ。

「六ヶ月になりました」

角田は、そうかそうか、と言って頬を緩め振り返った。

「滝さん、遠野の奥さんの由美《ゆみ》さんと息子の大志《たいし》くんだ。待望の赤ちゃんでね。あの遠野が、こんなになるかってほど喜んだ。でれでれってやつだ」

滝沢は、角田の話を聞きながら、目の端で遠野の妻の表情をうかがっていた。妙にうろたえた顔をしている。

「誰か来ているのか」

店と奥を仕切る暖簾をくぐって、男が顔を出した。

「角田さんですか。すみませんが今日は休みです」

これが遠野健一郎だろう。料理人らしく髪は短く刈り込んである。太い眉と切れ長の目。引き締まった口元から意志の強さがうかがえる。角田に向けた目は妙に険しかった。

「奥に行っていろ」

遠野が厳しい声で言うと、由美は角田に頭を下げて、暖簾の向こうに去っていった。

「どうしたんだ、店を休むなんて」

角田が声をかけた。

遠野は、それには答えず、滝沢に険しい目を向けてきた。

「珍しいこともあるもんですね」

遠野が角田に目を戻した。

「角田さんが刑事を連れてくるとは」

「違う、違う。この人は刑事じゃないよ」

角田が笑いながら滝沢の肩に手をかけた。

「俺の知り合いの滝沢さんだ。ちょっと話がしたくて寄らせてもらったんだ」

「申し訳ありませんが、出かけるのでお引き取りください」

「少しだけ話を聞かせてもらえないか」

角田が穏やかに言って、カウンターの椅子の背もたれに手をかけた。

遠野の目がさらに険しくなった。

わずかの間、角田と遠野が睨み合う。

「わかったよ」

角田が身体から力を抜いた。

「一つだけ教えてくれ。大友《おおとも》とは連絡を取っているのか」

角田の問いかけに、一瞬だが遠野の顔色が変わった。

「今日は帰ってください」

遠野が目を細めて言った。迫力が一気に増した。

「じゃまをして悪かったな。滝さん、今日は都合が悪いそうだ」

角田が振り返り、滝沢の肩を叩いて言った。

遠野の目を見れば、この後どう説得しても、まともな話ができるとは思えなかった。

「突然で申し訳ありませんでした。また寄らせてもらうことがあるかと思います」

滝沢は、遠野から目を離さず、小さく頭を下げた。

遠野は、険しい目を向けたまま黙っている。

「じゃあ、また一杯やりにくるよ」

角田が穏やかな声をかけて、遠野に背中を向けた。引き戸を半分開いたところで手を止め、顔だけで振り返った。

「嫁さんを泣かすようなまねは、するんじゃないぞ。子供もいるんだ」

角田の言葉に遠野の目がいっそう険しくなった。

わずかの間、二人が睨み合った。

先に目を逸らしたのは遠野だった。

「行きましょう」

角田に続いて外に出た。すっかり日が落ちている。二人で近くの居酒屋に入った。

「あいつは思い込んだら一本道だ。嫌な予感がする」

生ビールをひと口飲んで角田が言った。

「ずいぶん入れ込んでいるんだな」

「実は、亡くなった津賀沼さんとは親しくさせてもらっていたんですよ。俺が駆け出しのころに、ちょっとした事件の後始末で世話になって以来の付き合いでした。引退した後も、時々、自宅に顔を出して世間話をしていました」

角田らしい話だ。

「その津賀沼さんから、遠野をよろしくと言われましてね。店に顔を出しちゃあ、その様子を報告していたんですよ。そのうちに、俺も遠野に惚れちまったってところかな」

角田は、照れ笑いを浮かべて、生ビールを口にした。

遠野の妻の由美が、妙にうろたえていたのが気になった。

「橋爪を捜しているんだろうな」

滝沢が言うと、角田は、すっと表情を硬くした。

「滝さんもそう思いますか」

「カレンダーを見たか」

「どういう意味です」

「カウンターの奥に掛けてあったカレンダーが、九月のままだった」

今日は十月二日だ。事件翌日の二十九日には被害者の名前が報道されていた。その時点で店どころではなくなったのだろう。

滝沢は、生ビールをひと口飲んで説明した。

カレンダーの二十八日の欄に「津賀沼様11：30」と書いてあった。橋爪の名前はあえて書かなかったのか、そこにはなかった。他にもいくつか予約らしい名前と時間が書き込まれていた。滝沢が気になったのは二十五日の欄だ。「津賀沼様12：00」と書いた字が横線で消してあった。

「どういうことですか」

角田が眉をひそめて身を乗り出した。

「橋爪は、津賀沼夫妻が来ることを知って、自分も会いたいと言って同席することになったと言ったな」

滝沢が確認すると、角田は黙って頷いた。

「ここからは俺の想像だ。津賀沼夫妻は当初、二十五日の正午に昼飯を食べに来る予定だった。それが橋爪の都合で二十八日になった。あんたが店に行った時は、すでに日程が変更になった後だったんだろう。しかも時間を十一時半にしている」

「昼飯にしちゃあ中途半端だね。とは言っても橋爪が会長を殺すためにあそこに爆弾を仕掛けるってのは、どうですかね」

角田が首を捻った。

「そうだな。むしろ二十八日の十一時にあそこで爆発があると知っていて、それに会長を巻き込むためと考えた方が自然だ。その時間にあそこで待ち合わせをして、店まで同行すると言えば津賀沼会長も断らないだろう」

滝沢の見立てを聞いた角田は、腕を組んで首を振った。

「よく見ているね。俺はカレンダーなんか全然気が付かなかった」

「あんたは、遠野と睨み合いだったからな」

角田が苦笑いを返してきた。

滝沢は、自分の見立てを続けた。

「犠牲者の中に橋爪の名前はなかった。遠野は、会長が爆発に巻き込まれたのが偶然なのか、疑問を持ったのだろう。橋爪の一連の言動に改めて不自然さを感じ、自分で確かめるつもりになった。だから警察には、橋爪の件を話さなかったのだろう」

滝沢の説明に、角田が厳しい表情をして手元のジョッキに目を向けた。

「遠野より先に橋爪にたどり着きたい」

滝沢の言葉に角田が顔を上げた。

「何回か顔を見たことがあるけど、かなり面倒な男のようですよ」

「捜してくれるか」

「奴は新宿を根城にしているという話なんで、いくつか当たる先はあります。これに見合う仕事は、させてもらいますよ」

角田が胸の辺りを叩いて笑みを浮かべた。滝沢が渡した封筒が入っている。

「さっき言っていた大友ってのは誰だ」

「津賀沼会の組員だった男ですよ。遠野をずいぶんかわいがっていたって話です」

「もしかすると、薬師《やくし》会の大友か」

滝沢が訊くと、角田は意外そうな表情をした。

「滝さん、マル暴担当じゃなかったのに、良く知ってますね」

「現役時代に大友とは少し関わりがあった」

薬師会は、池袋に本部を置く古い暴力団だ。滝沢が知る限り、以前から歌舞伎町にも事務所を構え、一定の足場を作っている。

滝沢が捜査一課にいた時に手掛けた殺人未遂事件に、薬師会が関わっているという情報があった。薬師会については、組対に引き継いだが、捜査の過程で何度か大友と顔を合わせたことがあった。典型的な武闘派で、警察相手でも決して筋を曲げない、扱いにくい男だったと記憶している。

「津賀沼さんが引退した時、大友は会長の兄弟分の組に世話になりました。それが薬師会で、今じゃ、その世界では、ちょっとした顔ですよ。津賀沼会長のことは本当の父親みたいに慕っていました」

爆発事件の犯人を捜し出して、オヤジの仇を討とうとしても不思議はない。遠野も同じように考えていれば、かつての縁で連絡を取ることも考えられる。

「じゃあ、さっそく動きます」

角田は残っているビールを飲み干して、店を出て行った。

角田に頼んだが、もちろん自分でも橋爪を捜すつもりでいる。

何人か当たってみる価値のある人間の顔が頭に浮かんだ。警察手帳なしで、どれだけの情報が集められるのか。やれることはやってみる。滝沢は、ジョッキを干して立ち上がった。

7

歌舞伎町の賑やかなネオンの通りを歩いた。現職の刑事なら、二人で橋爪の顔写真を持って、情報をもっていそうな連中や、立ち回り先になりそうな店を当たっていく。警察手帳を持たない身でそれをやったら、たちまち身の危険に晒される。

色とりどりのネオンを横目で見ながら、ラブホテル街に入った。記憶をたどりながら、職安通りの手前の道を右に折れた。目指す店の看板が目に入った。フリー打ち専門の雀荘だ。

ビルの階段を上がり、二階にある雀荘のドアを押した。

牌を掻き回す機械の音が流れてきた。天井近くにタバコの煙が漂っている。雀卓は八つ。空いているのは一卓だけだ。客は近所の商店主や飲食店の従業員、それにこの界隈《かいわい》を根城にしている遊び人といったところだ。筋ものの姿はない。

「いらっしゃい」

白いワイシャツに黒いズボンの男が顔を向けてきた。目が合った。男の顔が歪み、足早に近づいてきた。何も言わずに滝沢の腕を摑み、そのまま店の外に連れ出された。

「どういうつもりだよ」

階段を下りて踊り場で足を止めて男が言った。

この雀荘を任されている桜井俊之《さくらいとしゆき》だ。歳は三十代後半で、かつては津賀沼会の組員だった。津賀沼会が解散した時に、足を洗った形でこの雀荘の店長になった。組を離れて十年たっているが、滝沢を睨みつける目は鋭かった。

滝沢は現職の刑事時代、このビルの五階にある会員制のクラブで起きた傷害致死事件の捜査に関わったことがあった。桜井とは、その時に何度か顔を合わせ、元津賀沼会の構成員だということを知った。

桜井が滝沢の腕を摑んだまま、顔を近づけてきた。

「言っておくが、俺は堅気で、ここはちゃんと許可を取ったまっとうな雀荘だ」

「まっとうな店なら、俺が来たって慌てることはないだろう」

「刑事が出入りしてる店で麻雀打ちたいなんて客がいるかよ」

滝沢が警察を辞めたことを知らないようだ。

「少し時間をもらえないか」

「仕事中だ」

「奥にいた若い奴に、しばらくなら任せられるだろ」

「あいつは代打ちができねえんだよ」

「それじゃ中で待たせてもらうよ」

滝沢は、桜井の腕を振り払って階段に足をかけた。

「待てよ」

桜井が後ろから肩を摑んできた。

「嫌がらせに来たのか。それとも過去を蒸し返して、小遣いでもせびろうってのか」

「少し教えてほしいことがあるだけだ。お前やオーナーのことを探ってるわけじゃない」

雀荘やクラブの経営者は、このビルのオーナーで、雄星《ゆうせい》企画という会社の社長だ。他にもビルをいくつか所有する実業家だが、裏では暴力団の有力な資金供給源になっている疑いがあった。決して尻尾《しっぽ》を出さないが、新宿署では重点的にマークしている。桜井も当然、裏社会とのつながりがあると思っていい。

桜井が滝沢を現職の刑事だと思っているなら、それに付け込むのが手だ。黙って桜井の目を見つめた。

桜井が目を逸らして、舌打ちをした。

「何が訊きたいんだ」

「お前が津賀沼会にいた時に、橋爪って若いのがいただろ」

滝沢の言葉に、桜井が意外そうな表情をしてから、視線を落として何かを考え込んだ。

「わかった。こっちにこいよ」

桜井は、滝沢をビルの地下にある部屋に案内した。

事務机とソファーはあるが、段ボール箱や古くなった机と椅子が雑然と場所を占めている。物置きがわりに使っているようだ。

「橋爪の野郎、また何かやらかしたのか」

桜井がタバコに火を点けながら言った。先ほどまでとは打って変わって落ち着いた声だ。橋爪に関することであれば、オーナーや店に火の粉はかからない。それならば、警察に協力する姿勢を見せるのも損にはならない。そんな計算ができあがったようだ。

桜井がソファーに座った。

滝沢は、古びたテーブルから椅子を持ってきて桜井の正面に腰を下ろした。

「居場所を知りたい」

滝沢が言うと、桜井はまだ長いタバコを床に捨て、足で揉み消しながら、一軒の店の名前を言った。ホテル街のはずれにある中華料理屋だという。

「うちの常連がやっている店だ。一回だけ一緒に来たことがあった。俺の顔を見てすぐに出て行ったがな。店は深夜の二時か三時まで開いていて、あの辺りで働いている連中が来るそうだ。橋爪は、夜遅くに仲間としょっちゅう来ていると聞いた」

「いつ頃の話だ」

「一ヶ月ほど前だったかな」

桜井は、わざとらしく腕時計に目をやった。

「用事は終わりだな」

「もう少し付き合え」

滝沢の言葉に桜井が鼻で笑って小さく首を振った。立ち上がる気配はない。

「橋爪は、津賀沼会長を恨んでいたらしいな」

桜井の表情が険しくなった。

「会長がやられた件に橋爪が関係しているのか」

「訊いているのは俺だ」

桜井の目を見返した。

わずかな間を置いて、桜井は目を逸らした。

「わかったよ。社長から余計なことに首を突っ込むなと言われてる。俺は今の仕事が気に入っているんだ。ヤクザに戻る気もプータローになる気もねえ」

桜井が自嘲気味に言って続けた。

「あれほど厳しくしつけをされたんだ。恨んでるだろ」

あの世界でしつけと言えば、殴る蹴るは当たり前のことだったのだろう。

「十年以上前の恨みを、まだ抱えているのか」

「やっぱり会長の件に関わってんのか」

「余計なことには、首を突っ込まないんだろ」

滝沢が言うと、桜井は苦笑いを浮かべた。

「橋爪は粘着質で、恨みは死ぬまで忘れないって男だ」

「そんな男がどうして、厳しい津賀沼会長の元を逃げ出さなかったんだ」

「あの野郎は当時から、喧嘩、博打《ばくち》、女、何でも後先考えずにやっちまう。違法ドラッグを仕入れて、同世代の若い連中に売りさばいていたって話までな。場所を選ばないので、他の組とかなりやばい状況がいくつかあった。津賀沼会長の元にいたから、他の組が手を出せなかった。それをあいつもわかっていたんだ」

桜井が新しいタバコに火を点けた。換気扇は止まっているようだ。吐き出した煙が行き場を探すように二人の間で漂っている。

「津賀沼会が解散した時に、姿を消したので、他の組とのことはうやむやになった。噂だが、この十年は傷害、恐喝、覚せい剤所持で、ほとんどを刑務所《ムショ》暮らしって話だ。俺にも経験があるが、塀の中で牙を抜かれちまう奴と、誰かを恨むことで自分を保つ奴がいる。奴は後の方だろうな。逆恨みもそうなるとやっかいだ」

桜井の話で、橋爪の立ち寄り場所だけではなく、滝沢が抱いていた疑問もほぼ解けた。

「今日は一人なのか」

桜井が軽い感じで訊いてきた。

「ああ」

滝沢は曖昧に答えた。

「珍しいんだな。刑事は二人一組で動くんじゃないのか」

「俺はもう刑事じゃない」

滝沢が言うと、桜井は意味がわからないという顔を向けてきた。

「どういうことだ」

「警察は二年前に辞めた」

騙したまま終える気にはなれなかった。

「ちょっと待てよ。てめえ俺を騙したのか」

「警察だとは、ひと言もいってない」

滝沢はポケットから封筒を出してテーブルに置いた。

「なんだ、これは」

「情報の礼だ」

左頬に激しい衝撃を受けた。椅子の背もたれに背中をぶつけ反動で前のめりになった。痛みと同時に口の中に血の味が広がった。

髪の毛を摑まれ顔を上げさせられた。血走った桜井の目があった。

「よくも俺をコケにしてくれたな。サツでもねえてめえが好き勝手やって、無事に帰れると思うなよ」

桜井の手首を摑んで髪から引き離した。

「警察じゃないからって、舐めた真似はするなよ」

桜井の目を睨みながら立ち上がった。

「サツを馘《くび》になって、どっかに拾われてドブネズミになったってことか。腐った泥水の臭いがするぜ」

桜井が唇の端を持ち上げて言った。

滝沢は、その言葉を無視して部屋を出ようとした。

「忘れもんだよ」

振り返ると、桜井が放り投げてきた封筒が胸に当たって床に落ちた。

滝沢は、桜井から目を逸らさずに膝を折って封筒を拾った。

「じゃましたな」

ひと声かけてドアを押した。

階段を上がりビルを出て大きく息を吐いた。

ドブネズミになったつもりはないが、中途半端な生き方をしているのは間違いない。

苦い思いが胸に湧き上がるのを感じながら、左の頬に手を当てた。口の中に広がる血の味を飲み込み、滝沢はホテル街のネオンに向かって歩き出した。

8

横須賀基地に近い通称「ドブ板通り」。一歩入ると、基地の街、横須賀らしい雰囲気に包まれる。

午後八時を回ってバーやレストランの明かりが賑やかだ。すでにシャッターを下ろしているショップも、負けじと派手なネオンを輝かせている。

ミリタリーブランドのフライトジャケットやブーツが人気の店、名物のハンバーガーショップ、英語だけの看板の店も目に付く。

冴香は、近くの公園の前にバイクを駐めて、この通りに入ってきた。目的の店は、さらに奥の住宅地に近いビルにある。訪れるのは初めてだ。冴香にとって、文字通り切り札になる男がそこにいる。このカードを使う時が、こんなに早く来るとは思っていなかった。秀和の仕事で使うことも想定していなかった。

今回のテロ事件の背景はまだ何もわからない。だが冴香にはある思いがあった。秀和のメンバーにも話さず、冴香自身が一人で抱えている戦い。その元凶に迫れるかもしれない。テロの一報を聞いた時から、そう感じている。

だからこのカードを使うことに躊躇いはなかった。

目的のビルはすぐにわかった。看板は出ていないが、地下に通じる階段の脇に、聞いていた目印のオブジェが確認できた。

冴香は、ライダースジャケットの胸に手をやり、中にある小さなペンダントを摑んだ。緊張する必要はない。自分に言い聞かせて地下に続く階段を下りた。

重い木製のドアを押して店に入った。コンクリートの打ちっ放しの店内には、三、四人が座れる丸テーブルが十脚ほど並んでいる。

どのテーブルにも、一筋縄ではいきそうもない顔が並んでいる。日本人の姿はない。筋肉とタトゥーの見本市のような眺めだ。

店の一番奥のカウンターに向かって進むと、店中の視線が冴香に集まった。軽い口笛も聞こえた。

カウンターの中には、七十歳は過ぎているように見える男が立っていた。アメリカ人だろう。英語なら会話に不自由はない。

「ジミーに会いたい」

男は冴香の言葉を無視した。

冴香は、ポケットから一枚のカードを出してカウンターに置いた。

男は一瞬、目をこらしてから、信じられないものを見たような目でカードをじっと見つめている。

トランプのジョーカー。不気味に笑う道化師の絵柄の上にジミーのサインが入っている。

男は冴香に目を向けると、黙って頷き奥へ消えていった。

「ヘイ」

スキンヘッドの体格のいい男が冴香の隣に立った。タンクトップから伸びた腕は、冴香の太腿くらいの太さがありそうだ。覗き込むようにしてきた男の首から頭にかけて、蛇のタトゥーがのたうち回っている。趣味の悪さに気分が悪くなった。

冴香の肩に右手を回そうとした男の目が、カウンターの上のカードに向いた。

男が息を呑み、慌てて右手を引っ込めた。

冴香は、上半身を捻って男に顔を向けた。

男は、中途半端な万歳をするように両手を肩の高さに上げると、小さく首を振りながら二歩、三歩と下がっていった。顔には無理矢理作った笑みを貼り付けている。

冴香が顔を背けると、男は足音を立てて離れて行った。

カウンターの奥から、大きな身体の男が現れた。店の中の話し声が消えた。

三年ぶりに見るジミーは少し老《ふ》けたように見えたが、黒のTシャツで包まれた肉体に、衰えは感じなかった。相変わらず目つきは鋭く、店にいる若い連中を、ひと睨みで黙らすことのできる迫力がある。

「久しぶりだ。元気そうだな」

カウンター越しに右手を差し出してきた。以前より日本語が流暢になっている。

冴香も右手を出し、ジミーの手を握った。厚みのある力強い手だ。

ジミーが、握った冴香の手を左手で軽く叩き、奥へ行こう、と言った。

カウンターの奥はオフィスになっていた。壁際にパソコンが載ったデスクがあり、中央には、小さなテーブルを挟んで、向かい合わせのソファーがある。他には本棚もない殺風景な部屋だ。

「外で客と会っている。十分だけここで待っていてくれ」

ジミーが冴香をソファーに座らせ、奥の扉から出て行った。

冴香は、ジミーが以前と変わらない態度で接してくれたことに安心した。

ジミーと初めて会ったのは、今から三年前の沖縄だった。

冴香が陸上自衛隊の特殊任務部隊に配属され、アメリカ海兵隊との合同訓練に参加した時だった。

陸自には、対テロ戦を想定して極めて高度な訓練を積んだ、特殊作戦群（SOG）という部隊がある。活動内容や装備は一切公表されていない。習志野駐屯地に所在する、陸自唯一の特殊部隊だ。

これに対して、冴香が配属された特殊任務部隊は、組織上は存在せず、選抜された隊員をメンバーに、一定期間、特別な訓練を行う。目的は、治安出動への対応だ。

治安出動は、警察では治安を維持できないと認められた場合に、総理大臣の命令で行われる自衛隊の行動だ。大規模な暴動などが対象になり、当然、武器の使用も認められる。これまでこの国で治安出動が発令されたことはない。

実際の訓練は、海兵隊のゲリラ戦訓練に参加するというものだった。三十人の自衛官が派遣された。女性自衛官は冴香一人だった。

冴香は、ジミーの指揮下に入った。

訓練が一ヶ月たった頃、同じ隊にいた海兵隊員が、女性で一人参加している冴香を侮辱する言葉を吐いた。許せる内容ではなかった。

冴香は他の隊員が見ている前で、その男を殴った。

男は怒り、冴香に向かってきた。身長は冴香よりかなり高く、鍛え上げた海兵隊員だ。他の隊員が面白がって囃《はや》し立てた。その場にジミーはいなかった。

冴香は、怒り狂う男の攻撃をかわし、左足だけを狙ってローキックを繰り返し腿に叩き込んだ。次第に、周りの隊員たちの声が止んだ。何発入ったか冴香にもわからなくなった頃、男は悲鳴を上げてその場に倒れ込んだ。側頭部に蹴りを入れれば終わる。一歩踏み出すのと同時に、後ろから羽交い締めにされた。油断していたつもりはなかったが、相手の動きの方が一枚上手だった。足の甲に踵《かかと》を落とそうとした時、大声で怒鳴られた。冴香を止めたのはジミーだった。

途中から二人の争いを見ていたということだった。

事情を聴かれた冴香は、全て本当のことを話した。自衛隊員として誇りを持って訓練に参加している。自分を侮辱することは自衛隊を侮辱することであり、それは誰であっても許されないことだ。そう主張した。

周りにいた隊員たちも、全て正直に話してくれた。

ジミーは男に代わって謝罪すると言ってくれた。

男は別の部隊に回され、翌日から何事もなかったように訓練は続いた。周りの隊員たちの冴香に対する態度は一変した。一人の仲間として扱ってくれた。

三ヶ月の訓練が終わった日、冴香はジミーに呼ばれた。

「よく頑張ったな。最初は日本人のお嬢ちゃんに、何ができるんだろうと思っていた」

ジミーが冴香に椅子をすすめ、自分は正面に座った。

「サヤカが、これまでにどれだけ厳しい訓練を積んできたのか、みんなもよくわかった。他のメンバーも立派だった。私たちは日本の自衛隊を見直した。わずか三ヶ月だが、この訓練に耐えた君たちは、海兵隊の仲間だ」

冴香にとって、これ以上ない賛辞であり、自衛隊員としての誇りを満足させてくれる言葉だった。

「私はもうすぐ海兵隊を離れて横須賀に行く。民間人になって特別な任務に当たる」

ジミーは、店の住所と、目印になるオブジェを書いたメモを差し出した。

「もしサヤカが自衛隊に残るなら、この店には絶対に来てはいけない。だが私はサヤカが、別の道を歩く気がする。それは自衛隊よりも厳しい道だろう」

ジミーは冴香を慈《いつく》しむような目をした。

「私はそうならないことを願っているが、サヤカの目を見ていると、誰にも止められない、特別な運命を感じる。もしそうなって、何か知りたいことがあったら訪ねてこい。きっと力になれる」

ジミーが言葉を切って大きく頷いた。

「その時は、これを店の人間に渡せ」

そう言って、デスクの上にあったトランプからジョーカーを一枚引き抜き、サインをして冴香に渡した。

その時は、ジミーの言っている意味がわからなかった。しかしそのわずか一年後、予言のように冴香は自衛隊を去ることになった。自分の意思ではなく、やむなく逃げるようにしてのことだった。そして大きな傷を負った。今回のテロ事件のニュースを見た時、冴香を追い詰めた見えない力と、どこかでつながっているのではないか。そう感じた。

ジミーが海兵隊を離れて就いている特別な任務というのは、日本国内での諜報活動だろうと、冴香は考えている。

もしそうなら新宿のテロについても調べているはずだ。日本の警察とは違うルートで何か情報を得ている可能性がある。それがジミーを訪ねることにした理由だ。

腕時計を見た。十分たった。そう思った時にドアが開き、ジミーが入ってきた。

「待たせたね」

冴香の前のソファーに腰を下ろした。

「サヤカがあのカードを使う日が来なければいいと思っていた」

「ジミーの言う通りになったわ。自衛隊を辞めて、秀和という組織で調査員をしている」

ジミーに頼み事をするのに、こちらが正体を隠すわけにはいかない。それは信義に反する。冴香は、秀和での仕事について正直に話した。

「わかった。それで私に訊きたいことはなんだ」

「新宿駅前の爆発事件について調べている。秀和の仕事として」

ジミーの顔から表情が消えた。

「あの事件について教えられることは、そう多くない」

「何か手掛かりがあるだけで嬉しいわ」

「できればサヤカには教えたくない。教えたらサヤカと二度と会えなくなってしまうかもしれない」

やはりジミーはこの事件に関する情報を持っている。

「あなたから情報がもらえなければ、他の方法を探す」

冴香は気負わず、素直に言った。

しばらくどちらも口を開かず見つめ合った。ジミーは、あきらめたように首を振った。

「サヤカ、今の仕事で信頼できるパートナーはいるか」

ジミーの問いに躊躇いなく頷いた。頭には滝沢の顔が浮かんでいた。沼田と翔太の顔も。

「オーケー、では約束だ。決して一人で行動してはいけない。いいね」

「約束する」

「もう一つ。そのパートナーには、サヤカの過去も含めて全て話して理解してもらえ。苦しんでいる時は素直に全部話すんだ。自分をさらけ出せ。そういうパートナーがいないと、サヤカは今の仕事を続けることはできない。どうだね」

この約束には素直に頷けなかった。それでも真剣な表情で冴香を見つめるジミーの目を見ていて気持ちを決めた。

「わかった。約束する。話をするタイミングは、私が判断する」

「それでいい」

ジミーが大きく頷いた。

「mercenary」

ジミーがつぶやくように口にした。

冴香はジミーの言葉を頭の中で反芻した。

「傭兵？」

「mercenary」は傭兵という意味だ。金ずくの、報酬目当ての、そんな言葉が語源だと聞いた記憶があった。

ジミーが黙ったまま頷いた。

傭兵と聞いて最初に頭に浮かぶのが、フランスやスペインの外人部隊だ。最近は民間軍事会社から、内戦や紛争地帯に派遣されるケースも多い。

そんな戦闘のプロが海外から入ってきたということだろうか。

「海外からのテロリストの入国は、日本の公安が厳重に監視していると聞いているわ」

冴香の言葉にジミーは首を振った。

「日本人だ」

自衛隊の経験者も含めて数百人の日本人が、海外で傭兵として戦場に立っていると聞いたことがある。

「どんな連中なの」

「海外の紛争地を転々としていたらしいが、最後は中東やヨーロッパでテロ活動を支援していたという話だ」

目の奥に、わずかに怒りの炎を浮かべながらジミーは続けた。

「帰国した元傭兵は三人。いずれも快楽殺人者と言っていい男たちだ。人を殺傷したくて傭兵になった」

ジミーは、冴香の反応を見るように、いったん言葉を切った。

「続けて」

冴香が言うと、ジミーは少し間を置いて小さく頷いた。

「もちろん銃の扱いや格闘も含めた戦闘のプロだ。一人はスナイパー、狙撃手だ。もう一人は爆弾のプロ。そしてもう一人はナイフの使い手。闇に乗じて背後から近づき殺傷する。性格的には最も歪んだタイプだ」

「どこに行けば会える」

冴香は、真っ直ぐにジミーの目を見た。

「そこまでは、わからない」

ジミーが厳しい表情で答えた。

「今はまだ何も見えない。だが傭兵が、自分たちの意思で帰国して、活動しているとは考えづらい。誰かが、やつらを呼び戻し、テロ活動をさせた。さらに凶暴な犯罪集団を手なずけて、傭兵の仕事を手伝わせている。この集団はクレージー、極めて危険な連中だ。調査は慎重にならざるを得ない。目的は全く見えない」

それだけ聞けば、今は十分だった。

「ありがとう」

冴香は、立ち上がり右手を差し出した。

ジミーの厚い手が冴香の手を包んだ。

「久しぶりにサヤカに会えて嬉しかった」

ジミーは、そこで言葉を切り、寂しそうな笑みを浮かべた。

「ジョーカーを使わずに会える日が来るといいな」

「私もその日を楽しみにしている」

冴香は笑顔で答え、身をひるがえしてドアに向かった。

「サヤカ」

ドアのノブに手を伸ばすのと同時に、ジミーが声をかけてきた。

振り返ると、ジミーがソファーの前に立ち、逞《たくま》しい身体を真っ直ぐに伸ばして冴香を見ていた。

「Once a Marine,Always a Marine.Good luck」

束の間、見つめ合った。

「Thank you.General」

冴香は海兵隊式の敬礼をしてドアを出た。

胸が熱くなるのを感じながら、カウンターを横切り店のフロアに出た。客の話し声が止んだ。みんな興味深げな眼差しを向けている。

冴香は背筋を伸ばし、ゆっくりとフロアを歩いた。

ジミーが最後にかけてくれた言葉。

「一度なったら、常に海兵隊員」

海兵隊に入ったら、除隊しても海兵隊員としての誇りを失わないという、海兵隊の矜持《きょうじ》を表した言葉だ。冴香にとって最大級の賛辞であり、信頼の証でもあった。

店を出ると、海が近いことを感じさせる湿った空気に包まれた。都会の湿気と違い、どこかに秋を感じさせる。

成果はあった。今はとっかかりになるものがあればそれでいい。

それ以上に、ジミーが親身になってくれたことが嬉しかった。

この仕事が終わったら、横須賀ドブ板通りで、名物のハンバーガーを食べながらビールで乾杯したい。二人でカウンターに座り、笑いながら懐かしい話をする。悪くない。

こんなことを考えるのは何年ぶりだろう。

冴香は自分の心の変化に戸惑いながら、公園の前に駐めた赤い車体のドゥカティ・モンスター400に跨《また が》った。

9

「すぐに、これだけ情報が集まるとは思わなかったな」

沼田が感心したように言った。

午後十時を回り、事務所には翔太以外の四人が顔をそろえている。

滝沢は一時間ほど前に新宿から戻り、直後に冴香も事務所に帰ってきた。

二人が今日手に入れた情報を報告したところだ。

「俺の情報は、まだ姿が見えない化け物の、尻尾の先の形が分かった程度だ。冴香の情報は、化け物の形が見えた。これはでかい」

「傭兵が絡んでいるとはな」

沼田が自分で書いたメモを見ながら言った。

翔太が事務室に入ってきた。

「なんだ、みんなそろってたんだ。声かけてくれればいいのに」

事件以来、翔太は専用の作業部屋にこもりきりになっている。

「何か見つかったか」

沼田が声をかけると、翔太はプリントアウトしたらしい紙を手に、来栖に顔を向けた。

「爆発物は何が使われたかわかっているの」

「まだ分析中で確定はしていません」

「来栖さんが知らないだけってことはない？」

翔太の問いかけに来栖の頰が微かに歪んだ。

翔太が、それには構わず、自分が持っている紙に目を落とした。

「サタンの母だね」

翔太がさらりと言った。

「おい」

沼田が声を上げた。

「爆発物の特定は、犯人に直接結びつく最大級の情報だぞ」

『サタンの母』の名前は滝沢も聞いたことがあった。正式名は過酸化アセトン。比較的、手に入りやすい材料で作れるので、アマチュア化学者や爆弾マニアが作って事故を起こしたケースもある。もちろんテロリストにとっては大きな武器になる。ロンドンの同時多発テロでも使われている。

比較的作りやすく殺傷能力も高いので、サタン、魔王の母という名前が付けられている。

「警察は、もう摑んでいるみたいだよ。捜査本部には上がっていないのかもしれない」

翔太の言葉に、沼田が大きく息をはいてソファーに腰を戻した。

来栖がテーブルに目を落とし、眉間にしわを寄せた。

「ついでに調べようと思っていたんだけど、コーキソーってどんな部署だっけ」

翔太がプリントアウトした紙を見ながら言った。

「公機捜、公安機動捜査隊のことだろう」

沼田が答えた。

「警視庁公安部の部署で、爆弾テロや、ＮＢＣ、つまり核物質や化学兵器、生物兵器によるテロの初動捜査に当たる。今回も、現場から爆発物の破片や関係するブツは、残らず持ち帰っているはずだ。まず取り組むのが爆発物と起爆装置の特定だ」

沼田が説明すると、翔太は、なるほどね、と言って頷いた。

「あんた警察官だっただろ」

冴香が翔太を睨んだ。

「同じ警察でも、交番と公安は一字違いで大違い。僕らには縁のない世界なんだよ」

翔太が真面目な顔で答えてから首を捻った。

「警察学校で習った気もするけど」

翔太の言葉を聞いて、冴香はあきれた顔で横を向いた。

「公機捜の持っている情報なら間違いはないだろう」

沼田が自分を納得させるように何度も頷いた。

「国内でサタンの母を使ったテロが行われたとしたら、公安にとって大打撃だ。だが爆発物を特定できれば公安が蓄積した情報から、犯人にたどり着ける可能性は高くなる。情報を囲い込んでいるのも頷ける。サタンの母を使われたうえに、刑事部に犯人を上げられたら、公安の存在が否定される」

沼田が独り言のように言った。

「よくそんな情報が手に入ったな」

滝沢は思わず言って翔太を見た。

「NASAの重要機密もハッキングされたことがある。コンピューターの中にあるということは、誰にでも見るチャンスがあるってことさ」

翔太が、つまらなそうな顔で言った。

「爆発物の件は、私が今から確認しに行きます。佐々倉氏はまだ本庁にいるはずです」

来栖が沼田の顔を見て言い、事務所を出て行った。

「公安が囲い込んでいるなら、所長の元に情報が入らないのも当然だ」

沼田が深刻な表情で言った。

その情報を来栖が刑事局長ラインに伝えて裏が取れたら、情報を囲い込んでいた公安にダメージを与えるのに十分な材料になるはずだ。

「これからの進め方だが」

沼田が顔を向けてきた。

「傭兵については、闇雲にあちこち当たるわけにはいかない。まずは、冴香のネタ元が言う凶暴な犯罪集団というやつだな」

「それは俺の方で割れる可能性がある」

滝沢の言葉に沼田が頷いた。

「じゃあ僕は、もう少し続けるよ」

翔太が事務室を出て、作業部屋に戻っていった。

翔太も冴香も独自のルートで有力な情報を摑んできた。

だが本当の戦いはこれからだ。滝沢は、久しぶりに心地よい緊張を感じていた。

10

「あのビルの一階の中華料理屋だ」

滝沢は、歌舞伎町のホテル街に近い、五階建てのビルに目を向けて言った。二階は派手なネオンの店だ。名前だけでは何の店かわからない。三階から上は明かりが消えている。

滝沢は、秀和の事務所を出て再び新宿に来ると、角田を呼び出した。橋爪の顔を確認してもらうためだ。

もうすぐ午前零時になる。まだ人通りは絶えていない。橋爪が来るとすれば、この時間からだろう。

「午前一時まで待って現れなければ、今日は引き上げる。すまんが付き合ってくれ」

「大丈夫ですよ。ここからなら出入りする人間の顔はちゃんと確認できます」

角田が笑顔で答えた。この顔をしていれば、次の楽しみを話し合っているオヤジ二人に見えるだろう。その辺りも角田はぬかりがない。

「あれです」

三十分ほどしたところで、角田が店から出てきた男をちらっと見て小声で言った。

滝沢は、さりげない風を装って目を向けた。店から出てきた男が立ち止まり、タバコに火を点けた。

黒の革ジャンに黒の細身のパンツ。革ジャンの下は白いTシャツだ。中肉中背で、長く伸ばした髪を無造作に後ろに流している。手首から手の甲、それに首筋と、肌を出している部分は、顔以外びっしりとタトゥーが入っている。

橋爪は、タバコを咥《くわ》えたまま歩き出した。連れの姿はない。

「私はここで失礼しますよ」

角田が小声で言った。

滝沢は、黙って頷き、橋爪の後をつけた。

橋爪が一軒のラブホテルの前で立ち止まった。中に入られると面倒だ。滝沢は、そのまま進み後ろに立った。

「橋爪」

声をかけると、橋爪は、びくっとしたように肩を持ち上げ、タバコを足元に捨てた。

右手をポケットに入れて、ゆっくりと振り向いた。

「なんだ、てめえ」

向けてきた目の奥に狂気がある。付き合ってくれないか」

「聞きたいことがあるんだ。だったら用はねえよ」

「なんだ、サツか。だったら用はねえよ」

橋爪は、道路に唾を吐いて背中を向けた。そのままホテルに入っていこうとした。

「遠野が、お前を捜しているんだ」

滝沢は、橋爪の背中に声をかけた。

橋爪が足を止めて振り向いた。

「このホテルに入るなら、遠野にそう伝えておく。十分もかからないで来るだろう」

「てめえ何が言いてえんだ」

橋爪が血相を変えて、滝沢の前まで進んできた。

「津賀沼会長のことで、聞きたいことがあったんだがな」

滝沢の言葉に橋爪の頬がひくついた。

「そう言えば、大友もお前を捜してたな」

橋爪の表情が変わった。

「てめえサツじゃねえな」

橋爪が探るような目を向けてきた。

「誰だか知らねえが、変なこと言ってやがると後悔するぞ」

動揺しているのは明らかだった。

「そうかい。お楽しみのじゃまをして悪かったな」

滝沢は、橋爪に背中を向けた。

「ちょっと待てよ」

橋爪が後ろから肩を摑んできた。

「俺には関係ねえって言ってるだろ」

「だったら、遠野と大友にそう言えばいいだろう」

滝沢は、橋爪の手を払いのけた。

「気に入らねえな。何が訊きてえんだよ」

「いいのか」

滝沢は、目の前のホテルに向かって顎をしゃくった。

「おめえには関係ねえよ。ここじゃ話もできねえ」

橋爪が滝沢に肩をぶつけるようにして歩き出した。

滝沢は、黙って後に続いた。

職安通りの少し手前の道を左に入った。周りは五、六階建ての雑居ビルが並んでいる。街灯の他に明かりはない。

橋爪が通りの真ん中辺りでビルとビルの間の駐車場に入った。車は停まっていない。奥まで進み足を止め振り返った。微かに届く街灯の明かりが橋爪のシルエットを闇に浮かび上がらせている。

「何が訊きてえって」

橋爪が両手をポケットに突っ込んだまま言った。

「大声でする話じゃねえだろ。こっちに来いよ」

滝沢が警戒していると、橋爪が、しょうがねえな、と吐き捨て、下を向いたままゆっくり近づいてきた。

橋爪の姿が消えた。左から光が突き上げてきた。咄嗟《とっさ》に身体を開いてよけた。脇腹に鋭い痛みが走った。橋爪の右手にはナイフが握られている。

体勢を立て直す間もなく横殴りにナイフが襲い掛かってきた。後ろに飛び、なんとかよけたがバランスを崩して地面に腰を落とした。相手の動きを見る前に身体を転がし、その勢いで立ち上がった。目の前に橋爪の顔があった。腹に向かって右手が伸びてきた。必死に両腕でその手を摑んだ。ナイフの先が腹に刺さったが深くない。両手で摑んだ腕をねじ上げようとした時、橋爪の左手が腰に行った。反射的に橋爪の腕を放り投げるようにして身体を離した。光が目の前を薙《な》いだ。額に微かな衝撃を感じた。

一歩飛び退き構えをとった。

橋爪は、両手にナイフを握っている。

額から流れ出た血が、眉を濡らして右目にかかってきた。視界が遮られた。拭《ぬぐ》いたいが、余計な動きは隙を作る。

橋爪が両手に持ったナイフを、小刻みに揺らしながら間合いを詰めてきた。街灯の光を受けたナイフが生き物のように動いている。

右か、左か。左の光が走った。身体を反らしてよけた。すかさず右手のナイフが突き出されてきた。身体を開いてナイフをよけた。次は左手か。思った時、腹に激しい衝撃が来た。蹴りが入った。息が止まり前かがみになった。何とか倒れずに踏ん張った。顎に衝撃がきた。今度は耐えられなかった。気が付くと地面に尻餅をついていた。

駐車場の一番奥だった。離れた場所にある街灯の明かりを背に橋爪が立っている。腹に蹴りを入れられた。横向きに倒れたまま動けなかった。

「おっさん、けっこうやるね」

橋爪が嬉しそうに言った。左手のナイフをくるくると回してたたむと、腰のポケットにしまった。バタフライナイフだ。

髪の毛を摑まれて上体を起こされた。ようやく息をすることができた。

「あんた、いったい何者で、誰に頼まれて探り入れてんの」

橋爪は、地面に片膝をついて、ナイフを滝沢の首に押し当てた。

ナイフを持つ右手は、親指以外の四本の指に派手な指輪をしている。髑髏《どくろ》、虎、髑髏、龍。この拳で殴られたら口の中が切れるだけでなく頬の肉もズタズタにされるだろう。

「絶対言わないって顔してるね。でも俺、あんたみたいな人をしゃべらすの得意なんだ」

橋爪がくぐもった笑いを漏らした。

滝沢は、奥歯を嚙みしめ橋爪を睨みつけた。落ち着け。自分に言い聞かせて、大きく息を吸った。

橋爪が、暗闇の中でもう一度、笑った。

「指を一本ずつ切り落とすってのはどうだろう。いままで三本我慢した奴はいないよ。それとも目玉にするか。動けなくして瞼を開けたままこのナイフを目に近づけていくんだよ。たいていそれで、なんでもしゃべるって言うんだけどね。一つは勘弁してやらない。そのまま——」

橋爪が言葉を止めた。駐車場の隣のビルの入り口の辺りから人の話し声が聞こえた。

橋爪が目を向けた。

躊躇わなかった。橋爪の右手を払いのけ、その勢いのまま身体を転がし、立ち上がった。

バランスを崩した橋爪が、慌ててナイフを向けてきた。かまわず懐に飛び込み、股間を蹴り上げた。橋爪がナイフを落とし、股間に手をやって膝をついた。顎を思い切り蹴り上げた。橋爪が仰向けに倒れた。

ポケットからハンカチを出して顔の血を拭き、そのまま鉢巻のように額に巻き付けた。ビルの方からの話し声は聞こえない。

橋爪が股間を押さえたまま、身体を丸めて倒れている。手の上から股間を軽く蹴ると、橋爪が悲鳴ともうめき声ともつかない声を上げて首を左右に振った。その首を踏みつけた。

橋爪がうめき声を大きくした。さらに体重をかけた。

「やめろ……」

微かな声を出した。

滝沢は足を外し、しゃがみこんで、橋爪をうつ伏せにすると、右腕を背中に回してねじり上げた。膝を背中に当てて体重をかけた。

「あの日あの時間に、東口で爆発があることを誰から聞いた」

「何のことだ、知らねえよ」

腕を少し持ち上げ橋爪を半身にさせて、右の脇腹にパンチを入れた。橋爪が喉から絞り出すような声を上げた。

レバーブロー、肝臓を直撃するパンチだ。身体の奥から鈍痛がして、それが内臓全体に広がっていく。痛みより苦しさで悶絶する。同時に恐怖心に襲われる。鍛え上げたボクサーも、ここへのパンチ一発でマットに沈むことがある。

まともなやり方で口を割る奴ではない。遠慮や躊躇いは命取りになる。それは嫌と言うほど思い知らされた。

さらに二発続けた。橋爪の額に脂汗が浮いてきた。足が小刻みに震えている。

「やめろ」

「訊かれたことに答えるんだ」

「ぐれん、だよ」

橋爪が吐き出すように言った。

「何だそれは」

「知らねえのか。驚いたね」

橋爪が精一杯の虚勢を張ったように、唇の端を持ち上げた。

「紅蓮の炎、なんていうだろ。その紅蓮だ」

「半グレか」

「そんなんじゃねえよ。凶暴過ぎてヤクザも手を出せねえって奴が引っ張ってる。もう何人も殺してるって話だ」

「知ってる名前は」

橋爪が顔を背けた。

もう一発、レバーブローを入れた。

「わかった、わかった。頭は二人だ。一人はキング。こいつはプロレスラー並みの身体でとにかく強え《つえ》。化け物だ。俺なんかを痛めつけて満足してると後悔するぞ」

「余計なことは言わなくていい」

肝臓の辺りに拳を当てた。

「もう一人はランだ」

橋爪が慌てて話し始めた。

「琉球空手の使い手だ。身体はでかくないが、喧嘩をやらせたらキングといい勝負だ。おまけに頭が切れて、金のためなら殺しでもなんでもやっちまう男だ」

橋爪がそこまで言って、苦しそうに細かく息を吐いた。脂汗の量が増えている。

「膝どけてくれ。息ができねえよ」

滝沢は逆に膝に体重をかけた。

橋爪がうめく。

「そいつらから東口のことを聞いたのか」

「俺が近くにいるのを知らずに、ランが誰かとスマホで話しているのを聞いちまったんだ。二十八日の十一時に新宿の東口でやばいことがある。近くにいると巻き添え食って死んじまうから近づくな。そんなことを言ってた」

「爆発とは知らなかったのか」

「そうだよ。だから、あんなにうまくいくとは思ってなかった。膝どけろっつってんだろ」

最後のひと言は叫び声とも泣き声ともつかない声だった。

「お前はどこにいた」

「新宿通りを挟んだ向かい側だよ。じじいが吹っ飛ばされるところを目の前で見てやった」

今までよりきついレバーブローを入れて、こみ上げる怒りを抑えた。

「頼む、勘弁してくれよ」

橋爪が泣きそうな声を上げた。

「紅蓮の連中だけでやったのか」

「知らねえよ。本当に……、知らねえんだ。勘弁して……」

橋爪の目が虚ろになってきた。腹に拳を当てた。

「ゼット」

橋爪が細かい息の間につぶやくようにもらした。

「まだ何かあるのか。全部言っちまえよ」

橋爪は、黙ったままだ。目が虚ろになってきた。限界のようだ。

何が言いたかったのか気になったが、これ以上ここにいるのは避けたい。誰かに見られて通報でもされたら面倒だ。

滝沢は、素早く立ち上がると、肝臓めがけて蹴りを入れた。橋爪は数回痙攣《けいれん》して、そのまま動かなくなった。

横たわる橋爪から目を逸らし、歩き始めた。

駐車場を出るとライトをつけた車が近づいてきた。急いでフェンスに身体をつけてライトから逃れた。

「滝さん。俺だよ」

運転席の窓が開いて角田が顔を出した。

滝沢は、大きく息を吐いてから、助手席側に回り車に乗り込んだ。

「あの話し声は、あんただったんだな。助かったよ」

滝沢が礼を言うと、角田は黙ってタオルを膝の上に放ってきた。

血を吸ったハンカチの上から巻いた。

「つけてたのか」

「滝さんがあいつにやられちまったら困るからね。まだまだ稼がせてもらわないと」

角田が楽しそうに言った。

この男がいなければ、今頃、どこかに連れ込まれて、なぶり殺しになっていたかもしれない。大きな借りができた。

「どこまで行きますか」

「すまんが、雑司《ぞうし》が谷《や》に行ってくれ」

自宅に戻ることにした。このけがでは、タクシーに乗ることもできない。沼田への報告は電話で済ませる。車は職安通りに入った。交通量はまだ多い。

「いい情報が取れましたか」

交差点の赤信号で車を停めて、角田が顔を向けてきた。

「爆発に関わっているのは、紅蓮というグループだ」

滝沢の言葉で角田の表情が険しくなった。

「知ってるのか」

「この世界にいて知らない人間はいないですよ」

角田がハンドルに目を落として何かを考えている。

滝沢は、黙って横顔を見つめ、角田の言葉を待った。

後ろから派手なクラクションが響いた。いつの間にか信号は青に変わっていた。角田がゆっくりと車を出した。

「面倒な連中なのか」

「この一年くらいで、急に暴れ始めた。凶暴、凶悪、冷酷、残忍。他にどんな言葉があったかな」

角田は、チラッと滝沢に目を向けた。

「ただ暴れたいから暴れる。気に入らないから殺す。金になることなら、何でもやる。ヤクザを相手にしている方が、何倍も楽だね」

橋爪程度の男に手を焼いていては、相手に勝つなどおぼつかないということだ。

「紅蓮の居場所を知るのは難しい。手掛かりくらいは、摑めるかもしれないけど、今度は一緒には行けない。捜すのは、滝さんたちの仕事だ。もし目の前で滝さんが危なくなっても、俺は知らん顔をしている」

角田は、前を見たまま淡々と言った。

「それにしても、ずいぶん派手にやったね。刑事の時もあんなことやってたんですか」

角田が雰囲気を変えるように、明るく言った。

「まさか。今は手帳もなければ身を守る武器もない。そんな俺たちが、ああいう連中と渡り合う。全て命と引き換えだ。今、嫌というほどわかった」

現役の時は、警察官であることが一番の武器だったのだ。橋爪も刑事が相手なら、いきなり刃物を振りかざすことはなかっただろう。

「安心しましたよ」

角田の言葉の意味が分からず横顔を見た。

「滝さんがこっち側の人間になったのが確認できたんで、俺も仕事がやりやすくなった」

角田が笑いながら言った。

車はJR大久保駅の近くを左に曲がり、細い道に入って停まった。

「このビルの三階に知り合いの医者がいます。帰っても一人じゃ手当てできないでしょ」

もぐりの医者か。

「一緒に行ってあげますよ」

角田が車を降りた。

滝沢は、腹に力を入れてシートから身体を起こし車を降りた。少し足がふらついた。

角田がビルに入っていった。

滝沢は、黙って後に続き、明かりのない階段を上がった。

11

「どういうことだか、ちゃんと説明してほしいわ」

冴香が来栖に向かって言った。口調は静かだが、はっきりと怒りが込められている。右手には新聞を持っている。

まだ午前八時前だが、秀和の事務所には全員が顔をそろえている。沼田と翔太は、ここに泊まり込んでいた。来栖も昨日はここに戻ってきて朝を迎えたようだ。

「私のネタじゃないから、文句を言う筋合いじゃないけど、経緯だけはちゃんと教えて。あなただって知りたいでしょ」

冴香は、最後のひと言を翔太に向けて言い、新聞を来栖が座るソファーの前のテーブルに置いた。

全国紙の朝刊だ。一面に『爆発物はサタンの母』という大きな見出しが載っている。

滝沢も、けさの朝刊を見て事務所にやってきた。記事が出ているのは一紙だけだった。

来栖は、冴香の問いかけに答えず、黙ったまま新聞に目を向けている。

翔太の情報で爆発物がサタンの母だとわかり、来栖がここを出たのが、午後十時過ぎだ。それから佐々倉に話をし、佐々倉はすぐに刑事局長を通じて、警備局に事実かどうか迫った。そしてその情報が間違いないことを確認した。

問題はその後だ。刑事局長の意を受けて、懇意にしている記者に情報を流した。朝刊の最終版なら、締め切りは午前一時半過ぎだ。十分間に合う。このネタなら、時間を過ぎていても突っ込んでくるだろう。

記事は爆発物がサタンの母と呼ばれる、過酸化アセトンであることを警察が摑んだ、ということ以外は、過酸化アセトンとは何かと、過去のテロで使われた例などが書かれている。

気になるのは、遠回しな言い方だが、公安が情報を囲い込み、捜査本部に報告しなかったのではないか、と思わせる表現があることだ。警察庁長官狙撃事件の例まで挙げている。

警備局長にとって、大きなマイナスになるように仕立ててある。この筋立てを書くことを条件に、リークしたとも考えられる。

「冴香」

沼田が声をかけた。

「所長は、この事件の調査を始める前に、はっきり言った。秀和の設立に関わっている人物が、警察庁の刑事企画課長で、そのバックには刑事局長がいると」

みのはずだ」

「だから何？」

「俺たちが集めてきた情報が、刑事局長の長官レースに使われることは、織り込み済みのはずだ」

沼田の言葉に、冴香は黙り込んだ。

「そうは言っても経緯だけは、知っておきたいですね」

沼田が今度は来栖に顔を向けて言った。

「この後、佐々倉氏に会って、直接経緯を訊きます」

来栖がいつもと変わらない冷静な口調で言った。何を思っているのか、表情から読み取ることはできなかった。

沼田が頷き、滝沢に顔を向けてきた。

「それじゃ滝の話を聞こうか」

沼田が顔を向けてきた。電話で簡単に報告はしてあるが、詳しい経緯は伝えていない。

滝沢は、四人にソファーにかけるように言った。自分も腰を下ろすと、昨夜のことを説明した。

誰も口を挟まずにじっと耳を傾けている。

説明を終えると、四人が同時に大きく息を吐いた。

最初に口を開いたのは沼田だった。

「橋爪が言う紅蓮という連中が、爆発の具体的な情報を知っていたということは、実行犯もしくは、実行犯と極めて近いと思っていいな。そして紅蓮は、情報屋も警戒する凶暴な連中ということか」

「私に傭兵の情報をくれた人物は、関わっている連中のことをクレージーと表現して、調査は慎重にならざるを得ないと言っていた。その人物にそう言わせるのは普通じゃないと私は思っている。紅蓮はそれと合致する」

「紅蓮のことは聞いたことがあるよ」

それまで黙っていた翔太が声を上げた。

「紅蓮の中に凄腕のハッカーがいるんだ。ハンドルネームはチーター。彼の能力が、紅蓮の収入に大きく貢献していると思う」

「そんなにすごいのか」

「少なくとも僕よりは、かなり上だね」

「爆発事件には、傭兵と紅蓮が関わっている。そう考えて間違いないな」

沼田が言葉を切って眉間にしわを寄せた。わずかの間をおいて、滝沢に顔を向けてきた。

「傭兵を海外から呼び戻し、凶暴な紅蓮を手懐《てなず》けて仕事をさせる。相当な力のある組織でなければできないだろうな」

滝沢も同じことを考えていた。組織力、資金力、そして暴力。全てがそろっていなければできないことだ。

「皆さん、少しよろしいですか」

来栖が、テーブルの上で組んだ手から顔を上げ、四人を見回した。

「私は、今回の事件の背景に、警察も実態を摑めず、手を出すこともできない大きな組織の存在があるのではないか。そう考えています」

来栖の言葉に沼田が顔をしかめた。

「まさか都市伝説を引っ張り出すんじゃないでしょうね」

沼田が険しい表情で言った。

来栖が黙ったまま沼田を見つめ返した。

「ちょっと待ってよ。都市伝説ってなんのこと」

翔太が戸惑ったような声を上げた。

「警察の中では、スサノウと呼ばれています」

来栖が翔太に顔を向けて答えた。

「スサノウって、日本神話に出てくるあの神様のこと？　高天原《たかまがはら》で大暴れして追い出されて、地上に降りて八岐大蛇《やまたのおろち》を退治したっていう、あのスサノウ？　二人ともどうしちゃったの」

翔太が腰を浮かせた。

「翔太」

滝沢は、翔太の肩に手を置いて声をかけた。

「警察の中には、いくつか都市伝説みたいな話があるんだ。そのひとつがスサノウだ。何か理不尽な力が働いて捜査を中断させられたり、思わぬ方向に走らされることがある。そんな時に、またスサノウが動いた。俺たち兵隊は、そう言って自分たちを納得させるのさ」

交番勤務の経験しかない翔太は、耳にしたことがないのだろう。

「それだけではありません」

来栖が誰とも目を合わさずに言った。

「政治家が明確な理由もわからないまま突然自殺をする。健康だと思っていた企業のトップが突然死亡したり、事故に遭ったりする。そんなことがあると、何者かが手を下したという噂が流れます。もっともらしい理由がついてです」

「それがスサノウなの？」

翔太が、意味がわからない、という感じで声を上げた。

「あなたは、そのスサノウについて何を知っているの」

冴香が、来栖に顔を向け、問い詰めるような口調で言った。

「私も正確には何も掴んでいません。皆さんにお話しできる根拠はありません」

「本当に何も知らないの」

「皆さんに嘘は言いません」

「それでも存在すると思うのはなぜ」

「私が警察庁にいた時に、肌で感じたものでしかありません。しかし、警察の幹部が疑心暗鬼に陥るのは、過去に、その存在がなければ説明ができない事案がいくつもあったからです。そしてその闇に迫れるのは、警察組織ではないのかもしれません」

来栖が落ち着いた表情を冴香に向けた。

冴香が窓の外に顔を向け目をつぶった。

いつもの冴香らしくないやり取りだった。やはり何かを抱えている。滝沢の目にはそう見えた。沼田も冴香をじっと見つめている。

しばらく誰も口を開かなかった。

「たとえ都市伝説が現実のものとなって姿を現したとしてもだ」

沼田が重い空気を振り払うように、きっぱりとした口調で続けた。

「俺たちが今、やらなきゃいけないことは、傭兵と紅蓮について調べることだ。その先に何があるのかは、いずれわかる時が来る。いいな」

沼田の言葉に全員が頷いた。

「所長、こちらで得た情報を佐々倉に伝えて、警察がどこまで摑んでいるか聞いてください。それによって私たちの動き方が変わります」

「わかりました。サタンの母の件も含めて、佐々倉氏に直接、確認します」

来栖が自分のデスクに戻り、置いてあった上着を着て事務所を出て行った。

「所長は、厳しい所に立たされそうだな」

沼田が、来栖が出て行ったドアに目を向けて言った。

滝沢も同じことを感じていた。来栖にとって、佐々倉との信頼関係が秀和の基本になっている。その関係が、変化しているのかもしれない。

来栖と佐々倉という個人のつながりというより、組織の中にいる人間と外にいる人間の関係、ということなのだろう。だがそれは、来栖自身が解決する問題であり、滝沢たちが何かを言えることではない。

「俺はこの後、人に会うことにしているが、みんなは何か予定があるか」

沼田が三人を見回して訊いた。

「もう一度、現場を見に行きたいと思ってる」

冴香が答えた。

「俺は昼過ぎに、新宿で情報屋に会うことにしています。冴香、その後合流して一緒に現場に行こう」

「わかったわ。滝さんの時間に合わせる」

今は何が起きるかわからない。できるだけ単独行動は避けた方がいい。

「僕はいつも通り、部屋にこもらせてもらうよ」

翔太が言って、部屋を出て行った。

滝沢は、時計に目を向けた。まだ時間がある。

「悪いが、出かけるまでここで休ませてもらう」

ソファーの背もたれに身体を預けた。昨日の疲れとダメージが残っている。一歩間違えれば、今頃、どこかで冷たくなっている。考えると背筋が寒くなる。だが戦いは始まったばかりだ。

滝沢は、ゆっくり目を閉じた。

12

約束の時間を一時間過ぎたが、佐々倉はまだ現れない。

佐々倉と電話がつながった時、忙しさを理由に、会えないと言われることも考えられたので、新しい情報が入ったと伝えてあった。

来栖は小さな窓に目を向けた。ビジネスマンや買い物客が行き交う平和な日常が四角く切り取られている。佐々倉から指定されたのは、新橋駅に近いビジネスホテルの一室だった。車なら警察庁から十分もかからずに着くはずだ。

シングルベッドとライティングデスク。窓際に小さなテーブルと椅子が一脚。それにテレビと小さな冷蔵庫があるだけの部屋だ。

ノックの音がした。立ち上がりドアを開けると、佐々倉が身体を滑り込ませてきた。そのまま窓際まで進み、カーテンを閉めると、その場にあった椅子に座った。

「遅くなって、すまなかった。座ってくれ」

ライティングデスクの椅子に腰を下ろした。

「よくやってくれているな」

佐々倉が機嫌良さそうに言った。

「警備局長は長官から直接、叱責された。サタンの母の件を知っていたのかとね。最終的な確認作業中と報告を受けていた、と繰り返すだけだ」

「マスコミに流すという話は、聞いていませんでした」

「あれは、私も知らなかった。おそらく局長周辺の幹部が、記者に耳打ちしたのだろう」

このクラスからの情報なら、改めて裏取りをしなくても問題ない、という立場の人間から直接耳打ちされたのだろう。特ダネだ。一気に走り出し、朝刊に突っ込むのは当然だ。

佐々倉が直接リークしたのではないとしても、それを知らなかったはずはない。だが佐々倉が、一度知らないと言ったことを覆すとは思えない。

「捜査の主導権は、刑事局と刑事部が握ったわけですか」

せめてサタンの母の情報で、警察内の動きがどうなったのか知りたかった。

来栖の問いかけに、佐々倉は小さく首を振った。

「どちらが主導権などと言っていられる状況ではない。それでも公安が情報を囲い込むのであれば、こちらも対抗せざるを得ない。情報は共有して初めて活かされる」

だとしても新聞社にリークする必要はない。明らかに警備局長を窮地に陥れるための動きだ。

秀和の仕事が、長官レースの道具に使われることも、佐々倉が手の内を全てさらさないであろうことも、頭ではわかっていた。それでも来栖にとって佐々倉は特別な存在だ。その佐々倉の口から出てきたのは、わかり切った建前論だけだった。

「新しい情報というのを、聞かせてもらおうか」

佐々倉がいつもの仕事の顔に戻して言った。

来栖は、爆発に紅蓮という凶悪な犯罪グループが絡んでいる可能性があると伝えた。

「その名前はまだ上がってきていないな。その手の連中なら刑事の仕事だ」

佐々倉が満足そうに頷いた。

「他には何かあるか」

佐々倉が軽い感じで訊いてきた。

「特にありません」

反射的に答えていた。

佐々倉が頷き、腕時計に目をやった。引き上げろということだ。

来栖は、立ち上がり頭を下げ部屋を出た。

佐々倉に傭兵の話をするべきだったのか、束の間、考えた。日本人とはいえ、海外から帰国した傭兵が動いているとなると、公安には大きなマイナスになる。佐々倉が一番ほしい情報のはずだ。だが、すべての情報を、そのまま伝えれば、秀和は、単に長官レースの道具になってしまう。

秀和の本来の目的は、刑事局長を長官にすることではない。事件を解決し、その背景を明らかにすること。そこに向けて、秀和のメンバーが動きやすい状況を作ることが、今の自分がやるべきことなのだ。

だが来栖の胸の中には、別の思惑もある。この事件がきっかけで、横光や佐々倉が失脚することになれば、秀和も存続できなくなる。逆に横光が警察庁長官に向かって順調に出世を続ければ、秀和の存在はそれだけ大きくなる。

佐々倉のことは尊敬している。だがそれは来栖が組織の中にいた時の話だ。組織から離れた以上、これまでと同じ関係とはいかない。どういう距離を保つのがいいのか。どうやって自分自身を、そして秀和を守るか。これからは、もっと考えなければいけない。

来栖は、組織の外にいる自分の立場の難しさを改めて嚙みしめた。

13

「来栖さん」

ホテルを出たところで後ろから声をかけられた。振り返ると、六十代後半に見える男が立っていた。見覚えはない。

男は穏やかな笑みを浮かべている。見るからに仕立ての良い濃紺のスーツに、糊の効いた白いシャツとネクタイ。歳のわりには引き締まった身体だ。どこかの大企業の重役といった風格がある。

「失礼ですが、どちらさまでしょうか」

来栖は慎重に訊いた。

「天気もいい。少し歩きませんか」

男が来栖の脇を通って歩き出した。

無視しようかと思ったが、男の雰囲気に特別なものを感じ、その場を去る気にはなれなかった。追いかけるようにして男に並んだ。

「どこかでお会いしたことがありましたか」

「お会いするのは初めてですが、私はあなたのことを、よく存じ上げています」

男が前を見たまま言った。横顔は穏やかなままだ。

来栖は、男が何か言うまで待つつもりで、そのまま並んで歩いた。

十分ほど歩き、男は日比谷公園に入った。

昼休みの時間だ。ベンチで弁当を広げているOLや、木陰で横になっているサラリーマンの姿もある。都会の中にありながら緑の多いくつろぎの場所だ。

男が空いているベンチに腰を下ろした。立ち止まった来栖を見上げて、どうぞ、と声をかけてきた。

黙って男の左側に座った。

「お仕事は、忙しいですか」

男がのんびりした口調で訊いてきた。

「おかげさまで忙しくしています。ですからご用件は単刀直入にお願いしたい」

男が前を向いたまま頷いた。

「今の仕事から手を引く気はありませんか」

来栖が頭の片隅で想像していた言葉だった。

「私の仕事とあなたとの関係は」

「佐々倉さんとあなた。警察組織の中では数少ない一緒に仕事をしたい人でした。その二人が揃って私たちと対峙することになるのは、とても悲しい」

「私たちとは」

来栖の問いには答えず、男は公園の中を見回した。

「平和な光景ですね。素晴らしいことです。でもこの平和がとても危うい状況の上に成り立っているということを、日本人は、ちゃんと意識しなければいけません。まずは国民の目を覚まさせることが必要です」

男は力むことなく話をしている。だが横顔から笑みは消えている。

目の前を、イヤフォンを耳にさした若者が通り過ぎて行った。肩でリズムを取りながら軽やかに歩いている。

「世直しでもしようというのですか」

来栖は男の横顔に向かって声をかけた。男は黙ったままだ。

「スサノウ」

思い切って口にした。男の表情は変わらない。

「警察の中で、そう呼ばれていることは知っています。だがそれは、あなた方が勝手につけた名前ですね」

男の答えは、スサノウであることを認めている。

「新宿の爆弾テロもあなた方の仕業か」

「テロ？」

男が顔を向けてきた。

「警察ではその扱いだ」

男が目を細めた。突然、男の身体が大きくなり、来栖の身体にのしかかってきたように感じた。実際には身じろぎ一つしていない。

「ようやく準備が整ったのですよ。ここまで来るのに三十年近い年月をかけました。当初から志を同じくする若者が数多く集まりました。優秀な彼らは、政治の世界、マスコミ、自衛隊、日本のトップ企業、あらゆるところで職を得ています。それが今、四十代から五十代になり、それぞれの組織で大きな影響力を持つようになりました」

男は、いったん言葉を切って、冷たい笑みを浮かべた。

「もちろん、あなたがいた警察組織の中にもです」

男の話が頭の中で渦を巻いた。来栖は自分の息が荒くなっていくのを感じた。

「何が目的だ」

「いずれわかります」

男が微笑むと、身体から漂っていた迫力が消えていった。

それでも来栖は、身体の力を抜くことができなかった。

「なぜそんなことまで、私に話した」

男は最初に会った時と同じ微笑を浮かべている。

「あなた方は、いずれ私たちの仲間になってくれる。そう信じています」

「あなた方？」

「佐々倉さんと秀和の皆さん、まとめてです」

「馬鹿なことを言うな。私たちがテロに加担するとでも思っているのか」

「これから少しずつ、私たちの考え方と力を知ってもらうことになります。皆さんのお手並みを拝見しながら。時々、警告は出させていただきますがね」

男がゆっくり立ち上がり、お時間を取らせました、と言って背中を向けた。

去って行く男の背中を黙って見つめた。昼の散歩をする壮年のサラリーマン、周りからは、そんな風にしか見えないだろう。

「ふざけるな」

握りしめていた拳を腿に叩きつけた。胸の中が掻き乱されていく。それが怒りなのか恐怖なのか、来栖自身にもわからなかった。

息を整えて公園の中を見回した。サラリーマンやＯＬの姿は消えている。代わりに小さな子供を連れた母親のグループが、公園の主役になっていた。

来栖は顔を上げ、秋の気配を漂わせた空をしばらく見つめ、目を閉じた。ゆっくりと胸の鼓動が元に戻っていった。

14

「傷の具合はどうですか」

角田が和菓子屋の若旦那の顔で訊いてきた。

「この手の傷の手当てに慣れているんだろうな。何の問題もないよ」

滝沢は、コーヒーをひと口飲んで答えた。

かなりの報酬を求められたが、昨夜診てもらった闇医者の腕はしっかりしていた。

角田が指定した、新宿駅に近い喫茶店で向かい合って座っている。

「話を聞こうか」

切り替えて滝沢が言うと、角田は仕事の表情で頷いた。

「以前、紅蓮の仕事を手伝ったことのある男で、最近、妙に羽振りが良くなった男がいるんですよ。気になって探ってみました。案の定、周囲の連中に、最近も紅蓮の仕事をした、と話していたようなんです。ここから手繰れる可能性はあります」

今は、とっかかりがあれば、それでいい。滝沢は黙って頷いた。

「紅蓮に命じられて、どこかに荷物を運んでいるらしいです。その先に傭兵がいるって可能性もないわけじゃない」

角田には傭兵の件は伝えてある。もちろん秀和のメンバーの了解をとってだ。

「その男は、最近、姿を消しています。何人かが同じような仕事を紅蓮の指示でしているという噂もあるので、もう少し探ってみます。ただね……」

角田が目を細めて身体を少し乗り出してきた。

「滝さんには悪いが、紅蓮に近づくのはリスクが大きすぎる。なかなか本筋に行き当たれないかもしれない」

「それでいい。あんたの判断で危険は避けてくれ」

「できるだけ情報は集めますよ。うまくヒットすれば、紅蓮の指示で動いている奴が見つけられるかもしれない。可能性は五分五分くらいかな」

角田がコーヒーカップに手を伸ばしてから続けた。

「そろそろ何とかしないと、警察は国民から見放されちゃいますね」

角田の言葉には頷かざるを得ない。マスコミは連日、捜査が進展しないことを批判し、次の犯行があるのではないかと世間の不安を煽っている。毎日行われる官房長官の会見でも、最初の質問はこの事件だ。官房長官は警察が鋭意捜査中としか答えられない。

テーブルに封筒を置いた。

角田が手に取り、中身を確認してポケットにしまった。

「動きがあったら連絡します」

「ちょっと待ってくれ」

滝沢が声をかけると、角田は中途半端に腰を上げた姿勢で止まった。

「Zという言葉に、何か思い当たることはないか」

気になっていたことを訊いた。

角田が慌てたように辺りを見回し腰を下ろした。

「急に何を言い出すんですか」

「何か知ってるのか」

「どこでその話を聞いたんですか」

「橋爪が最後に口にした言葉だ。奴は、半分気を失っていたので、詳しくは聞けなかった」

「まいったな」

角田が背もたれに身体を預けてつぶやいた。

「どうしてすぐに言ってくれなかったんですか」

「そんなに重要なことなのか」

「滝さん、俺はあんたに雇われた情報屋で、必要な情報を出すのが仕事だ。あんたが俺に情報をくれる必要はない。だけどこれだけは別だ。Zが絡んでいると知っていたら、探り方も変わってくる」

「何なんだ。Zというのは」

角田がすっと顔を寄せてきた。

「始末屋ですよ」

角田がチラッと店の中を見回して続けた。

「誰が雇っているのかは誰も知らない。だけど裏の世界じゃ、その名前を知らないやつはいない。政治家だとかヤクザの幹部。こんな奴らが突然、自殺したり事故に遭ったりして死ぬことがあるでしょ。そうすると必ずと言っていいほど、Zが始末したという噂が流れる。こいつに狙われたら終わり。後がない。だからZだ」

角田が小声でそこまで言って、目の前のコップの水を一気に飲み干した。テーブルに置いたコップに視線を落としたまま深刻な表情を見せた。

しばらくして角田が顔を上げた。

「正直に言ったら、これは都市伝説ってやつなんですよ。裏の世界と少しでも関わりがあるやつが不審な死に方をすると、誰ともなく言い出すんだろうな。それらしい理屈をつけてね」

ここでも都市伝説か。

「すまなかった」

滝沢は、素直に謝った。Zについてすぐに確認しなかったのは、明らかに滝沢のミスだ。

「滝さんが故意に情報を出さなかったとしても、俺たちの間ではルール違反じゃない。Zが絡んでるかもしれないってことは、頭に置いて動きます」

角田が立ち上がり、封筒をしまった胸のポケットを軽く叩いた。

「ずいぶん奮発してもらったんで、もう一つ情報を出しておきますよ。津賀沼会長の元にいた大友だけど、毎日、新宿に来て現場に花を供えている。ちょうど今くらいの時間です」

角田が、じゃあこれで、と右手を上げて席を離れていった。

始末屋。そんな男が本当に存在するのか。そしてこの事件にどう関わっているのか。

角田は来栖と同じ、都市伝説という言葉を使った。この二人が言うのだ。やはりそこに何かあると考えた方がいい。紅蓮と傭兵、それにZ。見えない相手はどれも不気味すぎる。

それでも今は、できることを一つ一つやっていく。刑事ではなくてもそれは変わらない。

滝沢は腕時計を見て立ち上がった。冴香が現場の近くで待っている。

15

平日の昼間だが、新宿駅周辺の人通りは多かった。現場周辺に張られていた立入禁止のロープは姿を消している。

滝沢は冴香と合流して、事件現場に来ていた。

「あれが大友って人じゃない」

冴香が小声で言った。

ここに来る間に、角田との話の内容は伝えてあった。

滝沢も大友の姿に気付いていた。顔を見るのは久しぶりだが忘れることはない。

大友が現場に花を供えてから手を合わせ、すぐに立ち上がった。チャコールグレーのスーツにノーネクタイで黒いシャツを着ている。髪は以前と変わらず、きっちりとした短めのオールバックだ。身長はそれほど高くない。百七十センチあるかどうかで、ぱっと見には華奢《きゃしゃ》に見えるが、身にまとっている雰囲気や、辺りに配る視線は堅気のものではない。歳は滝沢と同年代の三十代半ばのはずだ。

大友が東口に向かって歩きだした。ダークスーツを着た大柄な男が二人、ぴったりと前後を固めている。周囲を威嚇するような目つきは、暴力団員特有のものだ。大友が所属している薬師会の構成員だろう。

「ここで待っていてくれ」

滝沢は、冴香に声をかけて大友に近づいた。

大友が滝沢に気付き、足を止めた。

「珍しい人に会うもんだ。サツを辞めた人が、こんな所で何をしているんですか」

「毎日、花を供えているそうだな」

滝沢は、大友の言葉を無視して言った。

「会長にはお世話になりましたからね。供養のつもりです。それなのに組対の若いのが、くっついてきやがる」

「あんたが何かしでかすんじゃないかって警戒しているんだろう」

滝沢が言うと、大友は鼻で笑って横を向いた。

大友を庇《かば》うように立っていた大柄な男が滝沢の後ろに視線を向けた。

大友もそちらに目を向け、すぐに滝沢に視線を戻した。

「お連れさんですか」

冴香が滝沢の斜め後ろに立っていた。大友の雰囲気を警戒して近くに来たのだろう。

「六本木のお仲間ですか」

秀和のことを知っているらしい。

「詳しいんだな」

「滝沢さんが警察を辞めたって聞いたときに、うちにスカウトしようと思って調べさせたんですよ。そしたら元サッチョウのお偉いさんが作ったコンサルタント会社に入ったって聞いたんでね。そんな胡散臭《うさんくさ》いものには触らない方がいいと思って諦めました」

大友が唇の端を持ち上げた。

「お前ら覚えてるか」

大友が大柄な男たちに顔を向けた。

「二年前、若い刑事さんが川に浮かんだことがあっただろ。最終的には酒に酔ったうえでの事故ってことになった」

大友は滝沢に視線を戻した。

「その若い刑事を殺しちまったのが、この滝沢さんだ。責任を取って警察を辞めたとかいう噂だった」

大友が、すっと顔を近づけてきた。

「違いましたっけ」

滝沢は、黙って大友の目を見た。

苦い塊《かたまり》が胸の中に膨らんでいく。誰にでも触れられたくない過去はある。これ以上、そこに土足で踏み込んでくるなら――。滝沢は拳を握った。

大友が身体の位置を戻した。

「六本木が爆弾野郎を捜しているのなら、それにいちゃもんつけるつもりはありません。ただ俺たちの邪魔をするなら、警察だろうが六本木だろうが遠慮はしませんから、そのつもりでいてください」

大友は、静かな声で言って背中を向けた。

滝沢は、黙ってその後ろ姿を見つめた。やはり大友は津賀沼会長の仇を討とうとしている。

「行くか」

滝沢は、握っていた拳をほどき、冴香に声をかけて歩き出した。

「滝さん」

冴香が声をかけてきた。

立ち止まり振り返った。冴香が深刻そうな表情を向けている。

「今、大友が言っていたこと、どういう意味」

滝沢は、警察を辞めた経緯について、誰にも話していない。だが今回の仕事は、今までにない危険を伴うおそれがある。冴香に不信感を持たれたままにしておくのは避けたい。

「もう少し付き合ってくれ」

滝沢は、冴香に声をかけて、駅ビル沿いに歩き、近くの喫茶店に入った。以前、角田と入った昔ながらの喫茶店だ。今日も客は少なく周囲に話を聞かれる心配はない。

注文したコーヒーが届くと、滝沢はブラックでひと口すすった。

「滝さん」

冴香が焦《じ》れたように声を上げた。

滝沢は冴香の目を見て言った。

「俺が、なぜ警察を辞めたのか話す。まずは黙って聞いてくれ」

滝沢の言葉に、冴香は頷いた。

「俺が警視庁の捜査一課にいたことは知っているはずだ。辞めたのは二年前だ。すぐに来栖さんに声をかけられて秀和に入った」

すでに沼田はいた。ほぼ同じ時期に冴香と翔太が加わって、今のメンバーが揃った。

「その半年ほど前だ、俺はある事件の捜査本部に入っていた。所轄署の道場に寝泊まりして、家にはしばらく帰らなかった」

滝沢は、正面から冴香の目を見て話を続けた。

かつて滝沢が逮捕した男が、出所後に覚せい剤を打ち、滝沢の留守中に自宅に侵入した。どうやって自宅の場所を知ったのかは、今もわかっていない。

男は一人で留守を守っていた妻を襲い覚せい剤を打ち、二日間にわたって暴行と凌辱を続けた。

冴香は話の途中から眉間にしわを寄せ、歯を食いしばって、じっと滝沢に視線を向けている。

事件以来、この話を口にするのは初めてだ。胸の奥に現れた苦い思いが、じわじわと身体中に広がる。やがて全身の肌が、内側からいくつもの針で刺されたような痛みに襲われる。

ゆっくりとコーヒーを飲み、その痛みに耐えた。

「それで警察を辞めたの？」

「いや違う」

滝沢は首を振り目を閉じた。あの日の光景が浮かんでくる。しばらくの間、激しくなる痛みに身体を任せた。やがて息を吐き目を開いた。冴香はじっと見つめている。

「俺が家に帰った時、妻と男は死んでいた。二人とも大量の覚せい剤を摂取したことによる急性中毒死だった。捜査は行われたが、被疑者死亡のまま書類送検。そして不起訴という、当たり前の手続きで終わった。身内ということに加えて、被害者のプライバシーという観点で、詳しく報道発表されなかった。だが庁内で知らない人間はいなかった。上司は腫れ物に触るような態度で、周りからは好奇の目が向けられた。居心地は悪かった。理不尽な犯罪に対する怒りだけが支えだった」

新たな事件は二ヶ月後に起きた。

都内で起きた連続強盗傷害事件を追っていた。捜査は、中国人グループによる犯罪という見立てで進められていた。

捜査本部が置かれた地元署の刑事と組んで捜査に当たっていた。捜査一課に配属されたばかりの、津村《つむら》という若い刑事も現場に入っていた。普段は同じ班で、滝沢が教育係だった。

津村の様子がおかしくなったのは、捜査に入って二週間ほどした頃だった。周りの目にはわからないだろうが、普段の姿を見慣れている滝沢は、はっきりと異変を感じた。

「津村を馴染みの居酒屋の個室に連れて行き、何があったか問い質《ただ》した。口を開かなかったが、俺は黙って津村を見つめ続けた。どれくらいたったかわからない。津村が俺から目を逸らし、身体から一気に力が抜けていった。取り調べで犯人が落ちるのと同じ姿だった」

滝沢は、冴香から手元のコーヒーカップに目を移した。津村の笑顔が浮かんだ。軽く頭を振って冴香に視線を戻した。

「奴は中国人の犯罪グループに脅されていた」

滝沢の言葉に、冴香は眉根を寄せ、何か言おうとした。

それには構わずに話を続けた。

津村は一枚の写真を滝沢に見せた。男と女がベッドで痴態を晒している写真だった。男の顔は見えないが、女の顔ははっきりと写っていた。

「女房です」

津村が下を向いたまま言った。

「捜査が一週間たった日に、一度だけ自宅に帰りました。家の前で待っていた男に見せられました」

男は津村を最寄り駅の近くにあるバーに誘った。

「男は臆面もなく言いました。私はあなたが追っているグループのメンバーだと」

後は言わなくてもわかった。写真をばらまかれたくなかったら、捜査情報を流せということだ。

「警視庁捜査一課の刑事の妻と犯罪グループのメンバーが不倫。そんな記事がネットに出たらどうなるか、男は嬉しそうな顔で言ったんです」

津村は下を向いたままで表情は見えなかった。

「奥さんは大丈夫なのか」

刑事は事件の捜査に入れば、何日も家に帰れない日が続く。それを承知で結婚しても、実際にその生活をしてみれば寂しく、つらいものだ。その心の隙間に犯罪者グループが付け込んだということだ。

「家にこもったままです。妻の実家の母親に、理由は言わずに来てもらっています」

津村は途中から涙声になった。

「それで、お前は捜査情報を流したのか」

沈黙はわずかだった。

「流しました」

津村が顔を上げずに言った。

「お前……」

「待ってください。流したのは捜査が進んでいないということと、大筋の方針だけです」

津村が顔を上げて言った。

「だから許されるとでも――」

「主犯格の情報を摑んでいます」

津村は滝沢の言葉を遮って続けた。

「主犯格の男は、所沢の一家殺害事件にも絡んでいるんです」

津村の言葉に息を呑んだ。

所沢の一家殺害事件。三年前のことだ。深夜、所沢市内の一戸建ての住宅に複数の男が侵入した。物音に気付いて起きてきた主人を殺害し、妻と中学生の女の子も殺害して、自宅にあった現金と貴金属を盗んで逃走した。いまだに犯人は挙がっていない。

突然、津村が座布団を外して横に移り、額を畳にこすりつけた。

「必ず犯人グループの逮捕につながる情報を摑みます。しばらく黙っていてください」

「だめだ」

強い口調で言った。

「お前のやっていることは、違法行為だ」

「じゃあ、どうすれば」

津村は頭を上げて滝沢を見た。すがるような目だった。

「もし犯人を逮捕することができたとして、その後はどうするつもりだ」

「警察を辞めます」

津村は、はっきりとした口調で答えた。

「私がやっていることが許されないことだというのは、わかっています。そんな人間が刑事を続けることはできません」

「辞めてどうするつもりだ」

「妻の実家が山梨で果樹園をやっています。一人娘です。そこで妻と新しい生活を築きます。環境が変わればきっとやり直せます」

津村は淀みなく答えた。

「そこまで決心しているなら、課長に全て話したらどうだ。彼も苦労人だ。悪いようにはしないはずだ」

「それも考えました。ですが、もし私が彼らとの接触を断ったら……」

津村は下を向き、膝の上の拳を握りしめた。

写真が流れる。これまでの犯罪グループとの接触も表ざたになる。そして何よりも警察に対する世間の信用が揺らぐ。自らの行動でそうなるのが、津村にとって最もつらいことのはずだ。妻が耐えられるかも不安なのだろう。

津村が写真を見せられた時の衝撃、それでもなお妻を守り、立ち直らせたいという心情。何とかしてやりたいと思った。

だが写真を流出させずに犯人を逮捕、そして津村も警察に残る。そんな都合のいいケースは想定できなかった。津村は、すでに犯罪者グループに情報を流しているのだ。

「聞かなかったことにする」

最も無責任な言葉だ。時間がたてばそれだけ深みにはまり、取り返しのつかないことになる。それはわかっていた。違法行為を見逃すのだ。滝沢にも覚悟があった。

「ただし明日から三日間だ。そこで結論が出せなければ、課長に全て報告するんだ」

翌日から、津村は、夜の捜査会議が終わった後に、犯罪者グループとの接触を続けた。

そこまで話すと、滝沢は、いったん言葉を切りコーヒーをひと口すすった。

「それで犯人は逮捕できたの」

冴香が訊いてきた。

滝沢は冴香の目を見て頷いた。

「他の班の情報と合わせて、犯人グループを特定した。津村が摑んだ主犯格の居場所も捜査本部で報告した。さらにその主犯格が、所沢一家殺害にも絡んでいるという情報で、捜査本部は色めき立った。総力戦で裏取りに走った。間違いないという結論に達し、主犯格も含めて、グループのメンバーを一斉に逮捕することができた」

滝沢は、コーヒーカップを置いて話を続けた。

津村の情報が全てだった。所沢の事件も解決することになれば、総監賞ものだと周りは言った。

だが津村は、全てを捜査一課長に話し辞表を出した。同席した滝沢も辞表を出した。

津村と一課長は驚いたが、決めていたことだった。違法行為を犯した刑事が辞めるのが当然なら、それを見逃した刑事も警察に残ることはできない。

一課長は辞表をいったん預かると言った。

翌日の明け方だった。神田川の新宿区下落合付近に、男性がうつ伏せで倒れているのを新聞配達員が見つけた。津村だった。警察と救急隊が駆けつけた時には、すでに息絶えていた。

犯罪グループの残党による報復か。必死の捜査が開始された。しかし警察が手に入れた目撃情報は、少し離れた繁華街の居酒屋で津村が一人で酒を飲んでいたというものだけだった。司法解剖の結果、多量の飲酒が認められ、死因は溺死だった。争ったような痕もみられないということだった。報復を裏づける証拠は見つからず、事故死と結論づけられた。

一課長は二人の辞表を破り捨てたと滝沢に言った。滝沢は、課長の好意を受け入れた。刑事でなければできないことがあった。津村の死の真相を突き止めたかった。

現場の川沿いには、大人の胸くらいの高さの柵があった。事故は考えにくい。さらに彼が妻を残して自殺するはずがない。津村が自殺したら、彼女は責任を感じて生きてはいられない。津村は夫婦の将来のことを、ちゃんと考えていたのだ。

容疑者を一斉に逮捕したといっても、周囲にいる仲間を全員、逮捕したわけではない。相手は凶悪な外国人犯罪グループだ。報復は警戒するべきだった。そして先輩である滝沢が、津村にしっかりと念を押しておくべきことだった。その意味では、大友の指摘は間違っていない。少なくとも滝沢自身はそう思っている。

本来の仕事の合間を使って、一人で捜査を続けた。周りは見て見ぬふりをしてくれた。

一ヶ月ほどがたった頃だった。警視庁庁舎のトイレで一人の男と顔を合わせた。捜査一課の他の班の貝塚《かいづか》という刑事だった。捜査の成果は上げているが、捜査情報を流して金を受け取り、さらに別の事件の情報を得ていると噂されていた。

「例の事件、犯人《ほし》が津村のことで、やばい話をうたい始めたぞ。あんた津村のこと可愛がっていたんだろ」

貝塚が下卑《げび》た笑みを浮かべて言った。

逮捕された男が、津村とのことを自供し始めたのだ。

「あんたも、いくらか手にしてるんじゃねえのか」

「貝塚、津村をお前のようなゲスといっしょにするな」

滝沢は、急激に沸き上がる怒りを抑えて貝塚を睨みつけた。

「偉そうなこと言うんじゃねえよ。女房を寝取られた者同士が傷口をなめ合って
――」

次の瞬間、貝塚はトイレの壁に背中をぶつけて腰を落とした。

滝沢の右の拳が顔面に突き刺さったのだ。

「てめえ、ふざけたことを」

怒りで顔を赤くした貝塚が飛びかかってきた。後のことは覚えていない。

気がつくと、騒ぎを聞きつけた一課の連中に身体を押さえつけられていた。目の前の床には血だらけの貝塚が倒れていた。

庁舎内での騒ぎだ。あっと言う間に話は広がった。滝沢は自宅謹慎を命じられた。

貝塚は、滝沢を傷害で訴えると騒いでいると耳にした。

三日後、課長から呼び出しを受けた。

「もう一度、辞表を書いてくれ」

懲戒免職になっても文句が言えない立場だ。素直に頷いた。

「津村の件は」

「上にはちゃんと話をしてある。表沙汰にして、変にマスコミに騒がれたらまずいと

思ったのだろう。それに所沢の事件の解決に結びついたのも大きい。今のところ不問に付す、という結論だ。裁判でどこまで出るかは、微妙なところだがな」

上層部にしてみれば、裁判の経過で津村の件が表沙汰になったとしても、知らなかったと言い張ればいい。津村の単独行動ということになるだろう。直属の上司の一課長は責任を問われるかもしれないが、死人に口なし。上層部がそう考えてもおかしくない。

貝塚の方は、情報漏洩の疑いでの懲戒を臭わせて、黙らせたということだった。

話はこれで全てだった。

「後悔はしていないの」

しばらく黙っていた冴香が言った。

「貝塚の件がなくても、けじめをつけてから辞める決心はしていた」

「他にやり方はなかったの」

「わからない。津村のやっていたことは、許されないことだ。課長に話をして捜査から外させる。それが一番正しいやり方だ。だが俺はその道を選べなかった」

津村が犯罪グループと接触を絶ったとしても、本当に写真が流出したかはわからない。わざわざそんなことをする必要もない、とも考えられる。

あの時の判断が正しかったのかと言われれば、素直に頷くのは難しい。だが後悔していないかと問われれば、はっきりと答えられる。後悔はしていない。

「なんで、そこまで話してくれたの」

冴香が自分の手元に視線を落としたまま訊いてきた。

「さっきの大友の話で変な誤解をされたくなかった。これから厳しい戦いが始まる。仲間を信用できなくなったら終わりだ」

滝沢が答えると、冴香は、はっとしたように顔を上げた。

「滝さん、私……」

冴香が言葉を切り再び視線を落とした。

「何も言う必要はない。今日は俺のタイミングだったということだ」

冴香も何かを抱えている。それはずっと感じていたことだ。話す必要があるかは、冴香自身が判断することだ。

「行こう」

滝沢が声をかけると、冴香は、黙ったまま小さく頷いた。

16

男の周囲をじっくりと見た。同僚らしい姿は見当たらなかった。

滝沢は、冴香と新宿駅に向かうために現場近くを通り、この男を見つけた。爆発のあった広場と車道を挟んだ歩道に立ち、現場にじっと目を向けている。

ゆっくりと男に近づき、後ろから声をかけた。

「柳田《やなぎだ》」

声をかけても、すぐには振り向かず、数歩前に出て距離を作ったうえで顔を向けてきた。

「お前か」

柳田の顔が一瞬緩んだが、すぐに表情を戻した。

警視庁の同期の男だ。警察学校で気が合い、お互い別の所轄に配属された後も、非番が重なると誘い合って飲みに行った。同期の中では唯一、気心が知れた間柄の男だ。刑事になったのも同じ年だった。滝沢が本庁の捜査一課に上がった時、柳田は公安部に引っ張られた。

「お前が警察を辞めたと聞いて驚いた。理由を聞いてお前らしいとは思ったがな。それよりもっと驚いたのは」

柳田が言葉を切って、半歩近づいてきた。

「秀和なんて、わけのわからない所で働いていると聞いた時だ」

「知ってたのか」

「こんな所で、お前と話をしているのを、誰かに見られたら、おおごとだ」

柳田は片手を上げると、背中を向けて歩き始めた。

「傭兵は見つかったのか」

背中に声をかけた。

柳田が振り返って距離を詰め胸倉を摑んできた。

「その話、どこで聞いた」

額がくっつくほど顔を近づけてきた。周りの通行人が驚いた顔を向けている。

「落ち着けよ。警官が飛んでくるぞ」

柳田の腕を摑んで引き剝がした。

柳田が駅ビルの方に顎をしゃくって歩き出した。人の流れをかわしながら、ビルの壁際まで進むと、柳田が背中を壁にもたれかけさせて大きく息を吐いた。

「どこでと訊かれて、答えるわけはないか」

先ほどまでとは違って、疲れが身体を包み込んでいるように見えた。

「今どこにいるんだ」

滝沢は、柳田の隣に並んで壁に寄り掛かった。

「外事三課だ」

外事三課は、海外からのテロリストの入国に目を光らせている。傭兵が日本人とはいえ、責任は問われるのだろう。

「国内で傭兵の手伝いをしているのは、紅蓮という犯罪集団だ」

「紅蓮か。名前は聞いたことがある。秀和はこの事件を調べているのか」

黙って頷いた。紅蓮が関与していることを知っているのか、とぼけているのかは訊いても答えないだろう。

「秀和は刑事局長から佐々倉、来栖のラインだな」

「詳しいな」

「来栖は悪くない男だった。見た目は華奢だが骨がある」

柳田が顔を向けてきた。

「来栖といい、お前といい、使えそうなのは組織を離れちまうんだな」

「疲れているようだな」

「今の警察に、疲れていないやつなんかいないよ」

「捜査本部は大丈夫なのか」

滝沢が訊くと、柳田は再び視線を人の流れに戻した。

「ひどいもんだ。情報の囲い込みと足の引っ張り合い。現場を走り回っている刑事も、だんだんやる気をなくしてきている」

柳田にそこまで言わせるほどだったのか。

「どうもおかしい」

柳田が、小さく首を振った。

「いくらキャリア官僚がトップを目指すといっても、この事件だ。一日も早く解決しなければ、トップから幹部まで総退陣しなけりゃいけないことになる」

「何が言いたい」

「刑事局長と警備局長の出世争い。それだけじゃ、ここまで変なことにはならないはずだ」

「他に何があると言うんだ」

「それがわかりゃ苦労はしない。それにそこを調べるのは俺の仕事じゃない。秀和の方が先にたどり着くかもしれないぞ」

柳田が、そう言えば、と言って少し視線を逸らせた。

「秀和には、沼田のおっさんもいるんだな」

「知ってるのか」

「優秀な人だったが、一度心が折れたら公安はつとまらない」

「どういう意味だ」

「知らないのか。沼田さんが使っていたエスが自殺した。それで心が折れた。公安の仕事に疑問を持ったまま警察を去った」

エスはスパイのことだ。公安警察官はみんな独自のエスを抱えている。滝沢たちが使う情報屋とは全く違う。捜査対象の組織の中に作るのが公安のエスだ。

柳田がビルの壁から背中を離し、大きく伸びをした。

「まいったな。久しぶりにお前の顔を見たら、余計なことばかり言っちまった」

柳田が苦笑いを浮かべながら、滝沢に身体を向けてきた。

「俺は組織の人間だ。これからも上の指示に従って動く。お前は違うんだ。せいぜい真実に近づけることを祈っているよ」

皮肉には聞こえなかった。

柳田が、じゃあな、と言って駅ビルに向かって歩き出した。しばらくその後ろ姿を目で追った。

「滝さん」

冴香が近寄り声をかけてきた。

「誰なの」

「警視庁の同期で、今は公安にいる柳田という男だ」

何の話をしていたのかは聞いてこなかった。

「事務所に戻るか」

滝沢は冴香に声をかけて歩き出し、現場の広場から地下に通じる階段を下りた。

地下街は、サラリーマン風の男や買い物客で賑わっている。三人が犠牲になる爆発事件が起きても、街の姿は変わっていない。

17

滝沢と冴香が事務所に入るのと、ほぼ同時に来栖が戻り、全員がそろった。

「佐々倉氏と会ってきました」

来栖が静かな声で言った。

「佐々倉氏は、サタンの母の件が新聞に載ったことについて、自分の知らないことだと言っていました。それを信じろと言われても、素直に頷くことができないのは、皆さんも同じでしょう」

来栖が表情を変えずに続けた。

「紅蓮のことは伝えました。私の判断で傭兵については黙っていました」

「佐々倉と駆け引きですか」

沼田が冷静な口調で訊いた。

「そう理解していただいて結構です。今回のリークのことも含めて、向こうが私に伝えないことはあるはずです。それは織り込み済みですが、ただ情報を咥えて走っていくようなことはしません。皆さんが身体を張って取ってきた情報です」

これまでの来栖とはどこか違う感じを受ける。

「もう一つ、重要な話があります」

来栖が表情を引き締めてみんなの顔を見回した。

「スサノウの一員を名乗る男が私に接触してきました」

全員の目が来栖に集まった。

来栖は、男が現れてから去るまでの一部始終を説明した。やり取りだけでなく、風貌や表情、雰囲気、全てを細かく話した。

誰も口を挟まず、黙ってその話を聞いた。

話を終えた来栖は、失礼、と言って部屋の隅に向かうとカップにコーヒーを注いだ。ソファーに戻り、ひと口、コーヒーを飲んだ。

「都市伝説が姿を現した。しかも秀和を仲間に誘うとは」

沼田が険しい表情を来栖に向けた。

「接触してきた意図がわかりません。本当に仲間にしたいと考えているのか、それとも秀和の存在が気になり揺さぶりをかけているのか。もっと別の狙いがあるのか」

来栖が手元を見つめながら言った。

スサノウが秀和のことをある程度知っているなら、簡単に仲間に加わるとは思っていないだろう。そのうえであえて接触してきたのであれば、何か別の意図があるはずだ。それについては、滝沢にも想像がつかない。

「やつらの目的はなんだ。世直しってやつか」

滝沢は、一番気になることを口にした。

「いつの時代にも、世直しを叫ぶ集団はいます。それに近いのでしょうが、あの男の言うことが本当だとしたら、時間のかけ方や規模が私の想像を超えています」

来栖の言う通りだ。優秀な若者を洗脳したとしても、三十年近い間、組織の姿を世間から隠して活動などできるものなのだろうか。

「このことは、佐々倉には」

沼田が来栖に訊いた。

「しばらくは伏せておくつもりです。佐々倉氏が、私にとって尊敬する先輩であることに変わりはありません。ただこれからは、警察の外にいる自分の立場を、しっかり意識しながら、秀和としての行動を考えます。切り札は持っていた方が良いでしょう」

来栖が何かを吹っ切ったように、落ち着いた笑みを浮かべた。先ほど感じた来栖の変化はここにあるのだろう。佐々倉との関係を客観的に見ている。

当面は、紅蓮と傭兵相手の戦いになる。まずそこからだ。滝沢は黙って頷いた。沼田と翔太にも異存はなさそうだ。

冴香の横顔に目をやった。何かをじっと考え込んでいる。

滝沢の視線に気付いた冴香が顔を向けてきた。

「いいな」

滝沢が声をかけると、冴香は黙ったまま頷き、窓の外に顔を向けた。

18

一日ごとに秋の気配が濃くなってくる。都会では、頬をなでる風よりも、街を歩く若者の服装で、それを感じる。

隣を歩いている冴香は、今日も黒のライダースジャケットだ。

滝沢は、朝から事務所で角田の電話を待っていた。昼飯を食べに出ると言うと、珍しく冴香が一緒に行くと言った。

二人で、近くのインドカレーの店に行った。これから紅蓮や傭兵と本格的な戦いが始まる。せめてもの息抜きのつもりだった。

「美味しかった。ごちそうさまでした」

店を出ると、冴香が笑顔を向けてきた。

「滝さんが、こんなお店を知ってるなんて意外ね」

店は、外苑東通りから一本裏に入った道沿いにあった。味はもちろんだが、注文してから料理が出てくるまでが早いので気に入っていた。

「俺だって、旨いカレーを食いたくなることはあるさ」

滝沢が言うと、冴香は笑顔で頷いた。こんな冴香を見るのは初めてだった。どこか無理をしているようにも感じる。

「これからは、こんなのんびり昼飯を食ってる余裕はなくなるかもしれないな」

冴香が黙って頷いた。

「面倒で物騒な奴らとの戦いだ。頼りにしてるぞ」

滝沢の言葉に冴香は下を向いて微笑んだ。

「私なんかより、よっぽど頼りになる猛者《もさ》がいるわよ」

冴香が顔を向けてきた。

「沼田さんよ」

思わぬ名前だった。

「空手だと思う。相当の腕よ。私なんかじゃ、とてもかなわない」

信じられなかった。

「そのうち、嫌でもわかるときが来るんじゃないかしら」

冴香が顔を前に向けて言った。

沼田は公安で長く修羅場をくぐってきている。だが冴香にそこまで言わせるほどの腕とは意外だった。冴香の見立てなら間違いないだろう。

そのまま大通りに向かう道を並んで歩いた。冴香が右からすっと肩を寄せてきた。

「滝さん、何か感じない」

滝沢も先ほどから違和感を持ち続けていた。

「つけられてるか」

滝沢が前を見たまま言うと、冴香は小さく頷いた。

気配が強くなってきた。

滝沢と冴香は同時に足を止め振り返った。冴香はいつでも飛び出せる体勢を取っている。

後ろから来た二人の男が立ち止まった。距離は三メートルほどだ。黙って睨み合った。

一人は坊主頭で、白地に派手な柄の入ったスウェットスーツ姿だ。無表情でこちらを見ている。刃物くらいは持っていそうだし、それを使うのを躊躇わない。そんな危険な雰囲気を漂わせている。

もう一人の男は、真っ赤なTシャツの上に派手なチェーンの付いた革のベストを着ている。下は黒の細身のパンツだ。長髪で表情は見えないが、まともな男ではなさそうだ。

道路の真ん中を四人が塞ぐ形になった。男たちの後ろから来たサラリーマン風の男が、一瞬、迷惑そうな顔をしたが、男たちの風貌を見て道の端に寄った。

坊主頭が滝沢の後ろに視線を送って顎をしゃくった。

滝沢は、ゆっくりと振り返った。冴香は、男たちから目を離さない。

一人の大柄な男が真っ直ぐこちらに向かって歩いてくる。身体が大きいだけではなく、周囲に異様な雰囲気が漂っている。

次第に距離が縮まる。男は、滝沢たちから一メートルほどの距離を置いて立ち止まった。

滝沢たちをつけてきた二人が冴香の横を通って男の後ろに回った。

冴香は常に二人に正対する体勢をとっている。

冴香と並んで男に対峙した。

男は、滝沢より頭ひとつ背が高い。長く伸ばした髪が肩にかかっている。だぶだぶの白いパンツに黒の革ジャンを羽織っている。鍛え上げられた身体であることがわかる。

「滝沢だな」

男が上から声をかけ、半歩間合いを詰めてきた。

冴香が身体を前に出そうとするのを腕で制した。

男が冴香に目を移し、しばらく見つめ、残忍そうな笑みを浮かべながら唇を舐めた。

男が滝沢に視線を戻し、左手をズボンのポケットに入れて何かを取り出した。

滝沢の前に差し出されたのは、キャンディーでも入っていそうな平たい丸みのある缶だった。

男は缶の蓋《ふた》をゆっくり開けた。

冴香が息を呑むのがわかった。

人間の指だ。二本。

見覚えがある。長い方の指には髑髏の指輪、短い方には龍の指輪。おととい の夜、橋爪がしていた指輪だ。

「おしゃべりな男は嫌いでね」

男が感情のこもらない低い声で言った。

滝沢が顔を上げると男と目が合った。

男が笑みを浮かべた。胸の中を握りつぶされるような、不気味な笑みだった。

男は缶の蓋を閉めてポケットにしまうと、冴香に目を向け全身を舐めるように見ている。

冴香の身体から殺気が沸き上がる。

男はそれを確かめたように頷くと、もう一度、ねっとりとした笑みを浮かべ、背中を向けて歩き出した。二人の男も後に続いた。

男たちの姿が通りの向こうに消えていった。

「行こう」

滝沢は、冴香の肩を叩いて、早足で事務所に向かった。

あれが紅蓮か。想像以上だ。なぜ事務所の近くに彼らがいたのか。切断した橋爪の指を見せたのは、なぜだ。まだどこかで、こちらを見ているのだろうか。

このまま戻れば、事務所の場所を彼らに教えることになる。いや、紅蓮が、ここにいたということは、事務所の場所はすでに知られ、見張られていたということだ。

落ち着け。自分に言い聞かせ、周囲に目を配りながら、事務所に向かった。

19

「冴香ねえさんでも勝てないの」

ソファーの脇に立っている翔太が訊いた。

滝沢と冴香は、今あったことを全て話したところだった。

滝沢と沼田が並んで座り、向かいのソファーには来栖と冴香が座っている。

「一対一《さし》でやったら絶対に勝てない」

冴香は静かに言った。

「あの身体で本格的な格闘技術を身に付けている。それにただ強いだけじゃない。あのタイプの男は、最初から相手を殺すつもりでやる。何の躊躇いもなくね。そういう相手に勝つのは難しい。それにあいつは……」

冴香はそこまで言って初めて表情を歪め、言葉を呑み込んだ。

「その大男は紅蓮のメンバーなんだろうね」

翔太が誰にともなく言った。

「新宿で、橋爪が言っていた、キングという男だろう」

滝沢が言うと、沼田が顔を向けてきた。

「スサノウの一員の男が所長に接触してきているんだ。秀和が動いていることは筒抜けになっているはずだ。問題はキングがとった行動の意味だ。常に見張っている、行動も把握している。それを伝えたかったのだろう。スサノウの男が言った警告というやつだろうな」

橋爪から紅蓮のことを聞き出したのが、おとといの夜だ。それを紅蓮が知った。そして橋爪を指を切断するという拷問にかけて、何を話したかを聞き出した。しかし橋爪は秀和の存在は知らないはずだ。

「凶暴なやつらを相手に、僕にできることは知れている。みなさんの指示に従うよ。少し確認したいことがあるんで部屋に戻る」

翔太が新しいコーヒーをカップに注ぎ、部屋から出て行った。

「紅蓮に対する警戒は怠れないが、今は傭兵の所在を摑むことだな。滝の情報屋からの連絡待ちか」

「とっかかりが摑めたとしても、紅蓮に見張られているとなると尾行は難しい。翔太に頼むことになるな」

翔太はドライビングテクニックも一流で、都内の道路に精通している。

「翔太の意見も聞いた方がいいわね」

冴香が部屋を出て行った。

「この事務所ですが」

来栖が何かを考える表情のまま言った。

「どこかに移ろうと思います。本拠地を見張られていたのでは、動きが取れません」

「それに越したことはありませんが、できますか」

「いくつか、当てはあります」

事務室のドアが勢いよく開いた。

「翔太がいないわよ」

冴香が飛び込んできた。

「あの馬鹿、一人でどこに行ったんだ」

沼田がスマホを出して素早くタップして耳に当てた。

「だめだ、出ない」

「冴香、一緒に来てくれ」

滝沢は冴香に声をかけて部屋を出た。この状況で、誰にも声をかけず一人で出かけることなど考えられない。エレベーターは一階に止まっていた。

「私は階段を確認しながら下りる」

冴香が走り出した。

エレベーターの位置を示す数字が1から順に増えていく。滝沢は両手を何度も握りしめながら待った。八階に着いたエレベーターに飛び乗った。すぐに動き出したが、一階に着くまでをこんなに長く感じたことはない。ドアが開くのももどかしく飛び出した。ほとんど同時に、冴香が階段を下りてきた。滝沢に向かって首を振った。

二人そろってマンションの外に出た。

敷地の横に若い男が四人しゃがみこんでいた。全員が黒の革ジャンに派手なチェーンをぶら下げているが、紅蓮のメンバーには見えない。

「あんたたち、少し前に、このマンションから、若い男が出てきたのを見たでしょ」

冴香が男たちの前に立って言った。

「お姉さん、そのジャケット、決まってるね。バイク乗るの」

男の一人が、からかうような声で言った。

冴香は、素早く男の髪を摑んで立ち上がらせると、鳩尾《みぞおち》の辺りに膝を叩き込み、そのまま腕を背中に回して逆手に捻った。

「なにしやがんだ」

他の三人が立ち上がった。冴香が男の肩越しに三人を睨んだ。

三人は動きを止めた。

「見たの、見なかったの」

冴香が男の耳元に口を寄せて言った。

「さっき男が一人、スマホで何かしゃべりながら出てきた」

「どこに行った」

「目の前に車が来て、それに乗って行った。痛《いて》えよ、放せよ」

「車種は」

「黒のBMWだよ。放せっつってんだろ」

「どっちに行った」

「外苑東通りを左に曲がって行ったよ」

冴香が男の身体を放り出すように手を離した。

男たちは、怒りと怯えの混ざった目を冴香に向けているが、誰も何も言わなかった。

「離れるなよ」

滝沢は、冴香に声をかけて大通りに出た。

人通りはかなり多い。左右を見回した。いまさらこの辺りにいるわけはない。

「いったん戻ろう」

滝沢が声をかけると、冴香は辺りを見回しながら頷いた。

マンションの前にいた男たちは、姿を消していた。

事務室に入ると沼田と目が合った。左手にスマホを持ったまま首を振った。

来栖は自分のデスクの固定電話で誰かと話をしている。

滝沢は、ビルの下でのことを、手短に沼田に伝えた。

来栖が電話を切ってソファーに近づいてきた。

「紅蓮からでした」

来栖が表情を変えずに言った。

「翔太さんを拉致したそうです」

最悪の事態になった。翔太は、なぜ黙ってあいつらの言いなりになったのだ。

「今夜八時に翔太さんを迎えに来いと。場所は、多摩湖畔の廃業したラブホテルです」

来栖が立ったまま、住所を書いたメモをテーブルに置いた。

「翔太を返す条件はなんですか。私たちに手を引けとでも言ってきましたか」

沼田に焦った様子はない。冷静に対応を考えている。

「冴香さんです。名前を出したわけではありません。六本木で滝沢さんと一緒にいた女。あの女一人で迎えに来い。そう言いました」

来栖が感情を押し殺した表情で言った。冷静さは失っていない。

「そんなことじゃないかと思った」

冴香が下を向いたまま言った。

三人の視線が冴香に集まった。

冴香が顔を上げ、滝沢に目を向けてきた。

「あの男は、あそこの路上で私を犯した。頭の中で何度もね。はっきりと感じた。今でも胸の辺りがむかむかする」

「どう対応しますか」

来栖が沼田に顔を向けた。

「決まってるでしょ。私が行く」

冴香が立ち上がった。

「行かなかったら、翔太は殺される」

「しかし冴香さんが行ったら……」

冴香が凌辱されるのは目に見えている。来栖は、そこまでは口にしなかった。

「何があったか確認しましょう」

来栖が落ち着いた声を沼田にかけ、翔太の作業部屋に向かった。

滝沢と冴香も後に続いた。

十平メートルほどの小さな部屋だ。中央のデスクの上にデスクトップ型のパソコンとノートパソコンが置いてある。来栖がデスクの前の椅子に座り、マウスを動かした。サイドデスクの上には、プリンターと縦長の機材が三つ並んでいる。この部屋に入るのは初めてだが、思ったより機材は少なく、きれいに整頓されている。

「これですね」

来栖がモニター画面を見つめたまま言った。

狭い部屋で四人が肩を寄せ合うようにして画面を見た。メールの画面だ。

『ｋｏｂａｎさん　いますぐここにでんわして　へやをでちゃだめだよ　でたらだいすきなおじょうさんのあたまがすいかわり　ちいたあ』

ｋｏｂａｎは、翔太がホワイトハッカー集団で使っているハンドルネームだ。ちいたあはチーター、紅蓮にいるハッカーだ。

平仮名だけの文章のあとに、携帯の電話番号が示されている。

来栖がマウスを動かした。すぐに隣のプリンターが動き始めた。

さらにマウスを動かす。モニターの画面が次々に替わっていく。

「これは……」

来栖がマウスの動きを止めて声を上げた。

写真が二枚並んでいる。

滝沢は画面をのぞき込んだ。信じられない画像だった。

一枚は窓の外から秀和の事務室全体を見た画像。そしてもう一枚には、ソファーに座る冴香の顔がアップで写っている。

「どういうこと」

冴香がつぶやくように言った。

サイドデスクのプリンターが再び動き始めた。

「他には見つかりませんね」

来栖がマウスから手を離した。

「あっちに戻ろう」

沼田が、プリントアウトされたメールの文書と写真を手にした。

「ここで待っていてくれ」

作業部屋を出たところで、沼田が前を見たまま言った。

沼田が事務室に入り、身体を低くして壁沿いを歩いて、窓のブラインドを全て下ろした。

滝沢は照明のスイッチを入れ、二人と一緒に部屋に入りソファーに腰を下ろした。

「写真は、通りを挟んだ向こうのどこかのビルの屋上、もしくは最上階くらいの部屋沼田は写真を見ながら続けた。

「翔太のパソコンにこのメールが届いた。おじょうさん、というのは冴香だ。すいかわり、という表現でライフルか何かで照準を合わせて、いつでも引き金を引けると言いたかったのだろう。電話を掛けさせて指示を出した。部屋は玄関の隣だ。俺たちに気付かれないように出ることはできる。翔太には常に何かをしゃべっているように指示したのだろう」

「はったりよ」

冴香が怒りを押し殺した声で言った。

「射程距離内で銃口を向けられていたら、絶対に違和感がある。私には自信がある。私に向けられていたのはカメラだけよ」

「今ここで、はったりかどうか言っても意味はない。翔太の頭には、傭兵の存在もあったのだろう」

傭兵の中にスナイパーがいるというのは、冴香自身が取ってきた情報だ。

「紅蓮は俺たちを見張っていた。それがなぜ急に翔太を拉致したのか」

沼田が、プリントアウトしたメールを見ながら続けた。

「これだけ完璧に捉えているんだ。秀和をじゃまだと思ったら、もっと簡単に手を出すことはできたはずだ」

「あの男が冴香を見て、衝動を抑えられなくなって、組織の思惑を無視して、勝手に動いた。そういうことじゃないかな」

滝沢は男の不気味な笑みを思い出しながら言った。

「そんなことは、どうでもいい」

冴香がテーブルの上の住所を書いたメモを摑んで、立ち上がった。

「行ってくる」

「待て」

滝沢は後ろから冴香の肩を摑んだ。

「お前が一人で乗り込んで、翔太を助けられると思うか。翔太を人質に取られた状態で、お前に何ができる。奴の言いなりになって最後は二人とも殺される。結果は見えている」

「それでも行くしかない」

冴香が滝沢の手を払いのけた。

「俺が一緒に行く」

「一人で来いって言ってるんでしょ」

冴香は、怒りを抑えきれなくなっている。

「まだ時間はある」

滝沢は、冴香の手を引いてソファーに座らせた。

「周辺の地図が手に入りますか」

滝沢の言葉に来栖が頷き、自分のデスクに向かった。

「冴香」

沼田が落ち着いた声をかけた。

「お前は自衛隊にいた。エマージェンシー、緊急事態で最も必要なことはなんだ」

冴香が沼田を見つめ返した。やがて目をつぶり、大きく息を吸いゆっくりと吐いた。そして目をあけた。

「冷静さを失った者が命を落とす。ごめんなさい。どうかしてた」

沼田が黙って頷いた。

来栖がテーブルに地図を置いた。中央に丸印がついている。

「こんな所にラブホテルがあるのか」

沼田が地図をのぞき込んだ。

「百メートルほど手前に二軒、今も営業しているラブホテルがあります」

来栖が地図を指さしながら説明した。

「指定されたホテルは、多摩湖のほとりの突き出たような場所にあります。周辺は、民家も含めて建物はないようです。廃業したのは半年ほど前ですから、廃墟というほどではないでしょう。当時のホームページが残っていました」

来栖がプリントアウトした資料を並べた。

五階建てで、一階は駐車場と受付、二階から上の各階に四部屋ずつの計十六部屋。一階にはスタッフ用の部屋があるはずだ。

「冴香は、奴らの言う通り八時に着くように行くしかない」

沼田が資料から目を上げて言った。

「俺と滝は、事前に車で近くまで行こう。暗くなるのを待って歩いてホテルに近づく。できれば中に何人いるのか、どの部屋にいるのか、状況を知りたい。そのうえで、冴香より先にホテルに潜入する。これは絶対条件だ」

「冴香さんが、例の男と対峙するのは避けられないということですね」

来栖が厳しい表情を見せた。

「人質を取られている。これは圧倒的に不利な条件だ。相手の要求をある程度呑むのはしかたがない。冴香が男の注意を引いている間に俺と滝で翔太を確保する。その後は三人で立ち向かうことになる」

作戦と言えるようなものではないが、この状況ではこれ以上の想定は意味がない。状況を確認して臨機応変にやるしかない。

「大丈夫よ」

冴香が落ち着いた声で来栖に言った。

「中の状況がわからないのだから、なまじ具体的な作戦を立てると、想定と違うことが起きた時に判断に迷う。最終的な目的は一つ。翔太を無事に連れ帰ること。そして私は沼田さんと滝さんを信じている。二人も私を信じてくれている。今はこれで十分よ」

冴香の言葉に来栖が頷いた。

「廃業して半年なら、電気は止まっているだろう。奴らが空調もない真っ暗な部屋に、じっとしているとは思えないな」

滝沢は、当初から持っていた疑問を口にした。

「おそらく犯罪絡みのブツを隠すとか、今回のように誰かを拉致した時に使う。そんなところだろう」

沼田が、ラブホテルの写真に目を向けながら言った。

「紅蓮とぶつかった後に、ここに戻るわけにはいきませんね。新しい事務所は難しくても、皆さんが身体を休められる場所は確保しておきます」

来栖が三人を見回して言った。

沼田が、お願いします、と言って再び写真に目を向けた。

滝沢は、冴香と目を合わせた。冴香が静かに頷いた。落ち着いた目だ。それを確認して、滝沢は事務所を出た。

20

新青梅街道に入った。

冴香は、バイクを周囲の車の流れに合わせた。警察に止められるわけにはいかない。スロットルを握る手を緩め、スピードを控えめにした。こんな走りをしていたら、愛車が機嫌を悪くしそうだ。

ドゥカティ・モンスター400。十年以上前に生産が終わった型だが、美しいフォルムと走行性能で今も人気がある。

バイクに任せたコーナリングは許してくれない。乗り手の技量を試すような生意気なバイクだ。スロットルとブレーキで上手にきっかけを与えてやれば、コーナーリングから立ち上がりまで、胸のすくような鋭い動きを見せてくれる。

この愛車で、山間部や峠のワインディングロードを走るのが、冴香の唯一の趣味だ。

秀和の仕事が一段落すると、必ずツーリングに出かけた。仲間はいない。どんなに見事にコーナーを攻めても褒めてくれる人間はいない。それが好きだった。

今はこのバイクの力を発揮させられない。確実に目的地に着くことを考える。

翔太が拉致されたことを知り、突っ走りそうになった自分が恥ずかしかった。滝沢と沼田、それに来栖も冷静でいてくれた。だから、こうしていられる。頼れる仲間だと心から思えるようになった。

必ず翔太を助け出す。相手はあの大男だ。まともにやっては絶対に勝てない。だがこれまでも、腕が立ち体格の勝る男と戦ったことはある。勝機は最初のコンタクトにある。このタイプの男は腕に絶対の自信を持っている。ましてや相手が女なら特にだ。キングは、特にその傾向が強いはずだ。その一瞬を逃さない。そこに滝沢と沼田が加われば、勝機は必ずある。

スロットルを開きたくなる気持ちを冷静に抑えた。

正面に、夕陽に染まった奥多摩の山々が見えてきた。

21

助手席の沼田は腕を組んだまま黙っている。

滝沢は、秀和の事務所を出てから、尾行がないことを繰り返し確認して自宅に戻った。上下とも黒い服に着替え、靴も底のしっかりしたスニーカーにした。ウエストバッグに、小型ライトやナイフ、それに結束バンドを入れ腰に巻いた。ズボンに伸縮式の特殊警棒を挿し込んだ。今、持てる武器はこれくらいだった。

準備を整えると、沼田と連絡を取り、指定の場所でピックアップして多摩湖畔に向かった。沼田も同じような服に着替えていた。

「そろそろだな」

沼田が車に乗ってから初めて口を開いた。

「とりあえず手前のラブホテルの辺りまで行ってみよう。周囲の地形を確認したい」

改めて地図を見るまでもなく、ホテルへ向かう道は一本だった。

冴香はすでに近くまで来て待機していると連絡が入っている。

所々に民家が見える。しばらく走り、緩やかな坂道を登り始めると、民家はなくなった。道路の左側には畑や農作業小屋があり、右側は雑木林が続いている。

さらに進むと、左側に建物が見えた。リゾートホテルのような、明るい造りのラブホテルだ。その先にもラブホテルの明かりが見える。

「どうします」

滝沢は、道路脇に車を停め、さらに進むかどうか沼田の判断をあおいだ。百メートルほど先を湖側に右折すれば、目的のホテルに着くはずだ。

「ゆっくり進んでくれ。車を隠しておける場所を探そう」

道は左に大きく曲がっている。ラブホテルが見えなくなった辺りで、右に入る道があった。ホテルに向かう道であることを示す古びた看板があった。目的地の廃業したラブホテルだ。この先五十メートルとなっている。地図で見た限りでは、ホテルの他に建物はなかった。この道に車を入れるわけにはいかない。

さらに進むと、道路の右側の雑木林に車を駐められるスペースがあった。奥に朽ちかけた小屋がある。間もなく日が落ちる。小屋の脇に駐めておけば道路からは見えないだろう。車をバックでスペースに入れ、立ち去るときに一気に道路に飛び出せる位置につけた。

車の中で、辺りが暗くなるのを待った。

「あの道を行くのは、やめておこう。見張りの一人くらい、いてもおかしくない」

沼田の言葉に頷いた。車を駐めた雑木林の中を進めば、湖畔に出るはずだ。

すぐに日が落ちて、周囲は暗闇になった。

二人で山林の中を進んだ。直径三十センチほどの木が、かなりの密度で生えている。闇の中を手探りで歩く状態だ。気をつけないと土の上を這っている根に足を取られる。

二十分ほど歩いたところで、林が切れて、目の前に湖が広がった。いつの間にか月が出ている。満月ではないが、それに近い。驚くほど明るかった。湖面に映った月が、小さな波で揺れている。湖の向こうには、市街地の明かりが見える。

廃業したラブホテルは斜め後ろの位置で、距離は十メートルほどだ。湖に面している側に窓が並んでいる。二階の左端の窓にだけ微かな明かりが見える。

ホテルは山林を切り拓いて建てているようだ。荒れた様子はないが、月明かりに浮かんだ白い建物は不気味な佇《たたず》まいだ。

湖に面した側に、ガラス張りの玄関があり、脇に車が一台停まっている。黒のBMWだ。

玄関の隣に駐車場の入り口がある。看板のあった道を湖に向かって入ってきた車は、建物に沿って左に曲がり、正面の玄関脇から駐車場に入ることになる。

一階が駐車場と受付で、二階から上が客室で間違いない。

駐車場の入り口は、鎖を張って中に入れないようにしてある。車はBMW一台だが、別の車が、ここで何人も下ろして離れていった可能性もある。紅蓮のメンバーが顔をそろえていることもあり得る。何とかして中の様子を知りたい。

「裏側から入れるかもしれないが、しばらくここで様子を見よう」

沼田がホテルから目を逸らさず、ささやくような声で言った。

この辺りは、都内と比べるとだいぶ気温が低い。日が落ちてからは特にそれを感じる。ここで見張るのを七時半までと決めた。

刑事の時も、張り込みは日常のことだった。長時間の張り込みにも慣れているつもりだ。それでもこれから先のことを考えると、緊張が腹の底から全身に広がっていく。周囲の闇が、身体にのしかかってくるような重苦しさを感じる。

「ぼちぼち行くか」

沼田が小声で言った。周辺に動きはなかった。

滝沢が前を歩き、ホテルの裏側に回った。建物と後ろの山林との間には、両手を広げたほどのスペースが続いている。陰になっていて月明かりも届かない暗さだ。

少し先に、従業員用らしいドアがあった。二階から上の階には小さな飾り窓が並んでいる。ゆっくりドアに近づいた。残り一メートルほどになったとき、ドアが開き男が出てきた。

身を隠す余裕はない。一歩踏み出した滝沢の肩に沼田が手を置いた。

男が滝沢たちに気付き、驚いて一歩後ろに飛び退いた。

「ごくろうさん」

沼田が落ち着いた声をかけた。

男が戸惑っているのがわかる。

「チンピラ、俺たちの顔くらい覚えておけ」

沼田が一歩踏み出して間合いを詰めた。

「キングのお知り合いですか」

「よく見ろよ」

沼田がドスの利いた声で言うと、男が恐る恐るという感じで顔を近づけてきた。

沼田の右足が跳ね上がり男の鳩尾を直撃した。

滝沢は前かがみになった男に飛びつき、口をふさいだ。

「声を出したら殺す」

耳元で言った。

男は顔を歪めながら何度も頷いた。ウエストバッグからプラスチックの結束バンドを取り出し後ろ手に縛り、猿ぐつわをした。男の身体を林の中に引きずり込んだ。

「どうする」

男を横たえると、沼田が滝沢に含みのある声をかけてきた。

「面倒だから、殺してここに捨てておこう」

男は激しく身体をよじった。

「おとなしくしろ」

男の身体を押さえつけた。

「正直に話せば殺しはしない。いいか」

男が何度も激しく頷いた。身体を小刻みに震わせている。男の上体を起こし、喉にナイフを当てて、猿ぐつわを外した。

「お前は、何をしに出てきた」

沼田が質問を始めた。

「下りて行って、変な動きがあったら、知らせることになってます」

「中に何人いる」

「俺を入れて五人」

「キングっていうのは、髪の長いガタイのいい奴か」

男が頷く。

「他には」

「キングのパシリみたいな変な野郎と俺の仲間が一人。後は六本木から連れてきた男です」

翔太とこの男を除けば三人。想定の中では少ない方の人数だ。

「どこの部屋だ」

「全員、二〇一号室にいます」

「二〇一号室の位置は」

「二階の道路寄りの端の部屋だよ。なあ頼むよ、全部しゃべったんだから勘弁してくれよ。俺は紅蓮のメンバーじゃないんだ。俺もパシリみたいな——」

「静かにしろ」

ナイフを少し強く押し当て、再び猿ぐつわをした。

「お前はキングを俺たちに売ったんだ。ばれたらどうなるかわかってるな」

沼田が耳元で言うと、男は激しく首を振った。

「目が覚めたら、そのまま消えろ」

暗闇の中で沼田の手が走った。男のこめかみに手刀が叩き込まれた。男は一瞬、顎を持ち上げるような動きを見せ、滝沢の腕の中に倒れ込んできた。

以前、冴香が沼田の腕について言っていたのを思い出した。

沼田は、男の腕の結束バンドを切ると、黙って立ち上がり建物に向かった。

滝沢は、ナイフをポケットにしまって後に続いた。中にいる人数がわかったのはありがたかった。想定の中では最少と言っていい人数だ。

ドアの前でうずくまり、中の様子をうかがった。しばらく待って人の気配がないのを確認して、ゆっくりとドアを引いた。建物に入ってドアを閉めると、その場にしゃがみ、目が闇に慣れるのを待った。

少しずつ周りの様子が見えてきた。左は少し先で突き当たりになっている。その向こうは駐車場のはずだ。右の突き当たりにエレベーターがある。

壁に身体を寄せて、ゆっくり右に進んだ。人の気配はない。突き当たりを左に曲がると正面に出入口が見えた。月明かりだけなのに妙に明るく見える。

すぐ左に階段があった。

冴香が来るまでに二階に行っていたい。身体を低くして階段を上る。二階に着いた。

二階の廊下には、小さな飾り窓があり、微かに月明かりが入ってきている。

正面にドアがある。二〇三号室だ。一番右奥の二〇一号室だけドアが開いたままで、部屋の明かりが廊下にもれている。

滝沢と沼田は反対の左に進んだ。

沼田が一番奥の二〇四号室の前に立った。ドアは難なく開いた。

沼田に続いて滝沢も身体を滑り込ませた。重く湿った空気が身体にまとわりついてくる。営業をやめてから、ドアも窓も開けることがなかったのだろう。

暗い部屋を手探りで進んだ。右手のドアはバスルームだろう。その先がメインのベッドルームのようだ。窓にはカーテンがかかっているのか、月明かりは入ってきていない。

開いたままのドアの近くに戻り、沼田の隣に立った。

沼田が、ポケットからスマホを取り出した。服で囲い込んで操作している。わずかな動作ですぐにポケットにしまった。建物に入ったことを冴香に知らせたのだ。

沼田が身体を寄せてきて囁いた。

「俺たちは警察官じゃない。殺すつもりでやれ。躊躇うな。そうでなければ殺される」

滝沢は、闇の中で頷き、外の様子に神経を集中した。

22

八時五分前になった。沼田からは、二人がホテルに潜入したと連絡を受けている。

冴香は、ドゥカティ・モンスター400のスロットルを開いた。地図は頭に入っている。

緩やかなカーブを曲がると、急に周囲が明るくなった。営業中のラブホテルのネオンが、周りの闇を追い払っている。さらに進むと、再びドゥカティのライトだけが頼りになった。

道路脇に傾いた看板があった。ホテルに向かう道だ。ゆっくり右折した。

すぐに月明かりに照らされた白い建物が見えた。翔太が拉致されているラブホテルの廃墟だ。建物に沿って左に曲がり、ホテルの正面に出た。玄関の脇に黒のＢＭＷが駐まっている。その隣にドゥカティを駐めた。

ヘルメットをシートの上に置き、ホテルの玄関に向かった。

正面に立つと、建物の中から明かりが照らされた。懐中電灯のようだ。

目を細めて待っていると、髪を赤く染めた若い男が、両手でガラスドアを開いた。

「いらっしゃい。キングがお待ちかねだよ」

にやにやと、いやらしい笑い顔を向けてきた。

胸の中に怒りが膨らみ、男の顔に拳をぶち込みたくなった。男が背中を向けて歩き出したので、何とか自分を抑えて後に続いた。

男の持つ懐中電灯の明かりを頼りに階段を上がった。

二階に着くと男が立ち止まり、振り返った。

「あそこが、お楽しみの部屋だよ」

男が身体を寄せてきて、一番奥の部屋に向かって顎をしゃくった。

「なんで、のこのこきたのかな。キングはさ、でかいの身体だけじゃないんだよ。すげえよ。たいていの女は見ただけで逃げ出しちゃう。それを無理矢理さ。しかも俺たちに見られながらが好きだって言うんだから。俺たちも――」

我慢の限界だった。冴香の拳が男の腹に食い込んだ。

「てめぇ……」

もう一発。男は声を出すこともできなくなった。

さらに一発。男が床に膝をついた。髪を掴んで立たせた。

修羅場になれば、こんな男一人の動きでも、こちらの命取りになりかねない。どうせやるなら戦闘不能にしておく。

微かなうめき声をあげている男の首筋に手刀を叩き込んだ。男の身体から力が抜けた。そのまま床に寝転がらせ、一番奥の部屋に向かった。

部屋の前でいったん立ち止まり。深呼吸をしてから部屋に足を踏み入れた。そのまま進みベッドルームの入り口に立った。

「時間通りだ。約束を守る女は好きだよ」

部屋の中央にあるソファーに、六本木で会った大男が足を組んで座っている。やはりこいつがキングだ。素早く部屋を見回した。広い造りに見える。キングの座っているソファーから二メートルほど離れた、右の壁際に大きなベッドが場所を占めている。明かりはキャンプ用のランタンだ。ベッドの手前の壁にある飾り棚と、ベッド脇のサイドテーブルの上に一つずつ。キングの後ろの窓際にも一つ置いてある。乾電池式のようだが、かなり光量がある。中央のテーブルにも一つ置いてあり、キングの身体を正面から照らしている。キングの前には、テーブルを挟んで二人掛けのソファーがある。色は派手な赤に統一されている。

左の奥は明かりが届かず壁際は暗い。何か置いてあったのか、中途半端な広さがある。

冴香が立っている、ベッドルームの入り口の左側はスペースがある。広い造りに見えるのは、ベッドとソファーセット以外を持ち出したからだろう。この広さがあれば、乱闘になっても動き回ることができそうだ。

翔太の姿はどこにも見えない。

ベッドの脇のサイドテーブルの上に置いてあるランタンの中で炎が揺れた。これだけがオイル式のランタンだ。

「どうだ。いいだろ」

キングが嬉しそうな声をかけてきた。

「炎が揺れると影が揺れる。これがいいんだ。どうだ、ロマンティックな気分になったか」

「翔太は」

「度胸があるだけじゃなくて、友達思いなんだな。もう少し、こっちに来いよ」

翔太の無事を確認するまでは、言うことを聞いた方がいい。冴香は三歩、前に進んだ。キングとの距離は、三メートルほどだ。

キングが部屋の左奥に顔を向けた。

「おい、坊やを連れてこい」

キングが声をかけると、奥の闇がゆっくり動いた。

そこに人がいる気配は全く感じなかった。

闇の中に立ち上がった男を見て息を呑んだ。死体がそのまま起き上がったようだった。目はくぼみ、頬はげっそりと削《そ》げ落ちている。

男が歩き始めた。ぶらりと下げた右手にはびっしりとタトゥーが入っている。手首から先をタオルのようなもので覆っている。

「あんたをお招きするから、部屋をきれいにしとけって言ったんだ。ゴミが落ちてたら、残りの指を残らず切り落とすって言ったら、こいつ泣きながら掃除してやがった」

キングが大声で笑った。

幽霊のような男は、滝沢が痛めつけて情報を得た橋爪に違いない。

男がバスルームに入っていき、すぐに翔太を連れて出てきた。

「翔太」

冴香が声をかけると、翔太はゆっくりと顔を上げた。

「冴香ねえさん。なんで……」

翔太の顔は左目の脇と唇に殴られた跡がある。立っているのがやっと、という状態だ。

「翔太に手を出したのか」

キングを睨みつけた。

「この小僧が、訊かれたことに、素直に答えねえから悪いんだよ」

キングの顔から、人を馬鹿にした笑いが消えない。

冴香は、キングの顔から目を逸らさず、ぐっと拳を握りしめた。

建物の中には滝沢と沼田がいる。焦らずチャンスを作る。それが今の自分のやることだ。自分に言い聞かせた。

23

二〇二号室から誰かが出ていった。滝沢は様子をうかがった。しばらくして男が冴香を連れて戻ってきた。廊下で冴香とその男がやり合う気配があったが、顔は出さなかった。

冴香が部屋に入ったのがわかった。

廊下に出ようとした時、車のエンジン音がした。

紅蓮の仲間が増えると、圧倒的に不利な状況になる。滝沢は、歯嚙みしたい気持ちで、そのまま息をひそめた。

沼田は、膝を折った滝沢の上から廊下に目を向けている。

階段を駆け上がってくる足音が聞こえた。上がってきた男が廊下でいったん足を止め、舌打ちをした。再び歩き出し、二〇一号室の前まで進み、また足を止めた。部屋から漏れる明かりに姿が照らされた。ダークスーツを着て、髪を短く刈り込んでいる。年齢は二十代後半くらいだ。男が部屋に入っていった。

「今、入って行った男、かなりの腕だ」

沼田が小声で言った。あの明かりの中に立った姿だけで、そんなことがわかるのだろうか。だが沼田が言うのなら信じるしかない。橋爪が言っていた琉球空手の使い手のランかもしれない。かなり面倒な男が増えてしまった。

しばらく様子をうかがい、ゆっくりと廊下に出た。

二〇一号室から男の怒鳴り声が聞こえた。内容は聞き取れないが言い争いをしている。

24

「どうなっているんだ」

部屋の入り口から苛立った声がした。

冴香は、素早く声の方に顔を向けた。

髪を短く刈り込んだダークスーツの男が、翔太と男を押しのけて部屋に入ってきた。

小柄だが、服の上からでも、引き締まった身体であることがわかる。

「馬鹿が一人、廊下でひっくり返っているぞ」

スーツの男が苛立ちをつのらせた声で言った。

キングが一瞬考える表情をしてから、冴香に顔を向けてきた。

「お前がやったのか」

冴香は、黙って睨み返した。

キングの笑い声が部屋に響いた。

「いいね、いいね。好きだよ。あんたみたいな女」

「ちょっと待て。そいつは秀和の女じゃないのか」

スーツの男が声をかけてきた。

「だったら、どうした」

キングが冴香から目を逸らさずに答えた。

「お前は秀和を見張っていたはずだろ。それが連絡がとれなくなった。おまけにチーターを使って、秀和の男を連れ出したと聞いたから、飛んできたんだ。なんで女までいるんだ」

「うるせえな」

キングが立ち上がり、スーツの男に身体を向けた。

「何で、俺があの連中の、パシリみてえなことをしなけりゃいけねえんだ。おまけに、わけのわからねえ三人組まで好き勝手なことを言いやがる。気に入らねえんだよ」

「でかい仕事だ。お前だって――」

「うるせえ」

キングが、苛立ちを隠さずに怒鳴った。

「また金の話か。俺は、やりたいようにやる。今までもそうしてきた。これからもだ。今はこの女だ。邪魔すると、お前だって容赦しねえぞ」

キングとスーツの男が睨み合った。

スーツの男に臆した様子はない。いざとなれば勝負できる。そういう目だ。

「自分のやったことは、自分で始末をつけろよ」

しばらくの睨み合いの後、スーツの男が、吐き捨てるように言って部屋を出て行った。

冴香には目も向けなかった。

「今のは誰」

キングが改めて冴香に身体を向けてきた。

「おめえには関係ない。もっとも俺にも関係なくなった。いつまでもつるんでる気にはなれねえ野郎さ」

紅蓮の仲間で間違いない。キングに対して全くひるむ様子がなかった。滝沢が橋爪から聞いたランという男だろう。

「とんだ邪魔が入っちまったな。改めて、お楽しみの時間の始まりだ」

キングが機嫌を直したように、いやらしい笑みを浮かべた。

25

二〇一号室の中のやり取りが収まった。

すぐにダークスーツの男が出てきた。男は階段の前の廊下で立ち止まった。何か考えているようだ。

男は動かない。できることなら、早く立ち去ってほしい。冴香とキングの戦闘が始まる前に二〇一号室に飛び込みたい。

滝沢は腰から特殊警棒を引き抜き、右手でしっかり握った。

沼田が黙って滝沢の肩に手を置いた。明らかに男を警戒している。沼田の目には、この男がかなりの使い手に見えているようだ。できればこのまま建物を出て行ってほしい。

滝沢は、特殊警棒を握る手の力を緩めず、じっと男が立つ廊下を見つめた。

26

「翔太を解放して」

冴香は正面からキングを見て言った。

「そりゃあ、お前次第だ」

「どうすればいい」

「まずはそこで素《す》っ裸《ぱだか》になってもらおうか。話はそれからだ」

キングが翔太の隣にいる不気味な男に顔を向けた。

「このお嬢さんが言うこと聞かなかったら、構わねえから、その兄ちゃんの指、端っこから折っちまえ」

「裸にはいつでもなれる。その前に私とサシで勝負しない」

キングが冴香の言葉の意味がわからない、という顔をした。

「それとも、自分がいじめた男に、女に叩きのめされる姿は見せたくないかしら」

キングが両腕を広げた。

「いいね、いいね。ますます好きになっちまったぜ」

キングが笑いながら間合いを詰めてきた。

冴香は、ゆっくり半身に構え、両手を胸の高さに上げた。影が動き、右のサイドテーブルの上でランタンの炎が揺れたのがわかった。

キングが下卑た笑いを浮かべたまま無造作に間合いを詰め、右足を上げた。

直後、激しい風が冴香の顔を叩いた。咄嗟に身体を反らせてよけることができた。

「思った通りだ。けっこうやるね」

右の回し蹴り。かなりのスピードだったが、明らかに手加減している。

キングが数歩、下がって、舌なめずりでもしそうな顔を向けてきた。

再び構えを取って、キングの動きに神経を集中させた。待っていたらやられる。キングがこちらを舐めている間が勝負だ。頭ではわかっていたが、動けなかった。キングの狂気を含んだ目、全身から発する殺気、全てが圧倒的な迫力で襲いかかってくる。弱気になったら負ける。近くには滝さんと沼田さんがいる。何度も自分に言い聞かせた。

キングが再び間合いを詰めてきた。

歯を食いしばり、自分から飛び込んでキングの腹に蹴りを放った。同時にキングの右手が動いた。左の頬に激しい衝撃を受けて身体が吹っ飛んだ。壁に叩きつけられ腰を落とした。飾り棚のランタンが床に落ちた。乾電池が転げ出て、明かりが一つ消えた。

「悪くない蹴りだよ。相手が俺じゃなきゃよかったのにな」

キングが自分の腹を撫でながら言った。

頬に受けたのは、キングの張り手だ。今回も手加減している。本気の拳だったら、一発で骨を砕かれている。

壁に手をついて立ち上がった。目がかすんでいる。頭を振って何とかキングを見た。

キングが近づいてくる。

キングの右足が上がった。ガード。思った時には腹にキングのつま先が食い込んでいた。

内臓がつぶされたような苦しさで腰を落とし背中を丸めた。息ができない。胸に力を入れて残っている息を全部吐き出した。力を抜いた。肺の中に空気が入ってくる。

床に腰を落としたままキングに目を向けた。

キングは、一メートルほど離れた位置に立って、見下ろしている。

「もう少し楽しませてくれないなら、代わりに、あの兄ちゃんと遊ぶことにするぞ」

胸の中に怒りが沸き上がる。まだ戦える。怒りがあるうちは、何度でも立ち上がれる。だが正面からぶつかっても勝ち目はない。キングの余裕を油断に変える。

わずかの間を置いて、目を伏せ身体中の力を抜いた。

「なんだ、降参か。つまんねえな」

キングが近づいてくる。足だけを見ていた。

間合いだ。飛びつくようにしてキングの喉元に右腕を伸ばした。

入った。そう思ったが、右手は空を切っていた。キングの反射神経が、冴香の動きを上回っていた。身体の位置が入れ替わった。振り返るのと同時に、キングのパンチが腹に食い込んだ。

「危ねえ、危ねえ。やっぱ、やるねえ。楽しいよ」

キングの声を聞きながら、床に膝をついた。

「どうする。あきらめて素っ裸になっちまうか。俺は、お前みたいな女が、震えながら、自分で服を脱いでいくのを見るのが好きなんだよ」

キングの顔が醜く歪んでいる。黙って見ているしかなかった。

27

激しい音がした。二〇一号室だ。

滝沢が一歩踏み出そうとすると、後ろから沼田に肩を摑まれた。廊下に立っているダークスーツの男を警戒している。だが早く行かないと取り返しのつかないことになる。

沼田にも、それはわかっている。沼田が背筋を伸ばして小さく息を吐いた。滝沢の身体を横に押しのけて部屋を出ようとした。

同時に、男が階段を下りていった。すぐに玄関ドアを開閉する音が聞こえた。

沼田が振り返り、頷いた。

滝沢は、部屋を出て二〇一号室の前に進み、中をうかがった。

ベッドルームの入り口に翔太と髪の長い男が背中を向けて座り込んでいる。その向こうにキングの後ろ姿があった。さらにその奥には、腰を落とした冴香がいる。部屋に飛び込んだ。

床に座り込んでいる男のこめかみに膝を叩き込んだ。

「冴香」

翔太の身体を後ろに回して声をかけた。

「なんだ、お前ら」

キングが身体を向けてきた。

「翔太を連れて逃げて」

冴香が叫んだ。

「そうはいかねえよ」

キングが一人掛けのソファーを持ち上げた。雄叫びと同時に、ソファーがうなりを上げて飛んできた。

翔太を抱きかかえて、ソファーをよけた。

ソファーは壁に当たって床に転がった。とんでもないパワーだ。

キングが、ゆっくりと近づいてくる。

「どいつもこいつも、俺の楽しみを邪魔しやがって」

キングが吠えるような声を上げて、滝沢に向かってきた。

翔太を突き飛ばして身体を反らすのが、精いっぱいだった。キングのパンチが左の額に当たった。浅い当たりだったが、ハンマーで殴られたような重い衝撃を受けて腰を落とした。身体中が痺れて動くことができない。

沼田が滝沢の身体を押しのけるようにして前に出た。キングが素早く身体を向け、踏み込んで左右のワンツーパンチを繰り出した。沼田は、身体を反らしながら左にステップしてパンチをよけた。間髪を容れずにキングが回し蹴りを放った。空気を裂くような音がした。

沼田がさらに大きく左に跳んで蹴りをかわした。背中が壁にぶつかった。キングが飛びかかる。身体を摑まれたら、そのまま捻り殺される。沼田が身体を右に投げ出した。床で一回転して立ち上がったが、キングは既に沼田の目の前にいた。キングが前蹴りを放った。沼田が腕をクロスしてガードしたが、キングの蹴りを正面から受け、後ろに吹っ飛んだ。素早く立ち上がったがすぐに膝をついた。

キングが滝沢に背中を向けたまま、沼田に近づいていった。

滝沢は、何とか身体を起こした。特殊警棒は右手に持っている。歯を食いしばり、低い体勢のまま、キングの足元に飛び込んだ。床に倒れながら腕を伸ばして特殊警棒を左の脛《すね》に叩き込んだ。

キングがうめき声をあげて膝をついた。

立ち上がり、キングの後頭部に特殊警棒を振り下ろした。手加減はしなかった。殺すつもりでやれ。沼田の言葉を思い出すまでもなかった。

キングの身体が、ゆっくり前に傾いた。もう一撃、そう思って右手を振り上げた瞬間、激しい衝撃を腹の辺りに受けた。ベッドの脇まで飛ばされ、背中から床に落ちた。頭を振って目を凝《こ》らした。膝をついて背中を向けたキングが、伸ばした左腕を、後ろに向けたまま止まっている。

あの状態から、左腕を振って叩きつけてきたのか。普通の人間なら、命に関わる後頭部への一撃のはずだ。

上体を起こした。左の腹から胸の辺りが激しく痛んだ。

キングがゆっくりと立ち上がった。さすがに足元がふらついている。

沼田が身体を引きずるようにしてキングに近づくと、正面から腹に蹴りを入れた。明らかに破壊力は落ちている。わずかにキングの身体が前のめりになった。沼田の蹴りが顎に入った。それでもキングは倒れない。

沼田がもう一発、腹に蹴りを入れた。キングがその足を両手で掴んだ。そのまま両手を撥ね上げた。沼田の身体が床から浮き上がり、後ろに放り投げられた。沼田は壁に背中をぶつけ、床に腰を落とした。

キングが荒い息を吐きながら、ゆっくり沼田に近づいていく。

滝沢は立ち上がろうと、左にあるベッドに手をついた。ランタンの炎が揺れているのが目に入った。サイドテーブルの下にはランタン用のオイルの缶があった。痛みをこらえ、ランタンを握った。動かない。転倒防止用のベルトでテーブルに固定してある。ポケットからナイフを取り出し、腰を落としてベルトを切った。今しかない。滝沢は、ランタンとオイル缶を手にして立ち上がった。痛みをこらえてキングの背後に近づいた。オイル缶のキャップを外す。

「キング」

叫んだ。

振り返ったキングの顔面にオイルをぶちまけた。キングが顔を覆う。すかさずランタンを叩きつけた。

ガラスの割れる音と同時に、キングの顔の上に炎があがった。

キングの野太い悲鳴が部屋の中に響き渡った。床に膝をつき両手で顔を叩きながらわめいている。

滝沢は、サイドテーブルを両手で持って振り上げると、キングの後頭部に思いっきり振り下ろした。

キングの動きが止まった。こいつに常識は通用しない。もう一度テーブルを振り上げ、後頭部に叩きつけた。テーブルはばらばらになり、脚の部分だけが滝沢の手の中に残った。

キングはうつ伏せに倒れて動かなくなった。

髪の燃える臭いが部屋に広がった。

手に残ったテーブルの脚を放り投げ、冴香に歩み寄った。

「大丈夫か」

冴香が黙って頷いた。

冴香の手を握って立たせた。

「来てくれるのは、わかっていた。でも……」

今にも崩れそうな表情だ。冴香のこんな顔を見るのは初めてだ。

「急いでここを離れるぞ」

沼田が声をかけてきた。右腕はだらりと下げたままで、息遣いも荒い。

冴香の肩を抱いて並んで歩いた。冴香は倒れているキングに、ちらりと目を向けた。

すぐに目を逸らし、肩に置いた滝沢の手に自分の手を重ね、握りしめてきた。

沼田が翔太の脇の下に手を入れて立ち上がらせた。

滝沢は転がっているソファーを乗り越えてドアに向かった。

バスルームの前に倒れている男を見て足を止めた。

「橋爪……」

部屋に飛び込んだ時には気付かなかったが、倒れているのは、間違いなく橋爪だった。わずかの間にやつれ果てている。

「滝、行くぞ」

沼田の声で、橋爪から目を離した。

階段を下りて外に出た。翔太は自力で歩くのが難しそうだ。沼田に身体を預けて、足を引きずるように歩いている。沼田もかなりのダメージがあるはずだが、なんとか翔太を支えている。

「もう大丈夫よ。ありがとう」

冴香が滝沢から身体を離した。

28

滝沢から離れ、ドゥカティ・モンスター400に跨った。

滝沢が声をかけてきた。

「運転できるのか」

冴香は、滝沢の目を見て頷いた。痛みはかなりおさまっている。キングが手加減していなければ、とても運転などできなかったはずだ。腹の中を掻き回されるような気分の悪さは続いているが、スピードを出さなければ運転はできる。

「滝さんたちの車は」

「この先の茂みに駐めてある。都内に入ったら連絡をくれ。落ち合う場所を伝える」

「わかった」

冴香が答えると、三人は並んで歩きだした。車まで行けば滝沢が運転できるだろう。ヘルメットをかぶってキックペダルを踏み込んだ。少しでも早くこの場を離れたかった。エンジンの振動が身体に伝わってくるのを感じ、ほっと一息ついた。

突然、ガラスの割れる激しい音が響いた。音の方に目を向けた。ホテルの正面玄関のガラスが道路に散らばっている。

まさか。冴香がそう思うのと同時に、外枠に残っているガラスを払いながらキングが出てきた。

キングは、ゆっくりと外に歩み出て冴香に身体を向けた。顔の右半分が醜く焼けただれ、右目はつぶれている。長かった髪は左側半分しか残っていなかった。残った左目は怒りと狂気で血走っている。

身体中に鳥肌が立ち一瞬で口の中が乾いた。

「ぶっ殺す」

キングが一歩踏み出した。

冴香はスロットルを開き、建物沿いに右折した。滝沢たちは、まだ十メートルほど先を歩いていた。

「キングが出てきた。逃げて」

翔太は走れる状態ではない。三人の横でUターンした。

キングが建物の陰から姿を現した。道路の中央まで進みこちらに向かって歩き始めた。

「私が食い止める。バイクがあれば逃げられる。早く車に」

冴香は、滝沢が止める声を背中で聞きながら、キングに向かって突っ込んでいった。

キングが足を止めた。

冴香は、キングの手前で左にバイクを倒した。スロットルを開いて加速する。車体は素早く立ち上がりキングの横を通り過ぎた。つぶれている右目の側だったので追いきれなかったのだ。

十メートルほど進んだ。この先は湖だ。Uターンした。

キングは、そのままの位置に背中を向けて立っていた。

キングの向こうには、沼田と翔太の姿がある。滝沢は一人で車を取りに行ったのだろう。走れそうなのは滝沢だけだ。

「キング、どうした。私を裸にするんじゃなかったのかい」

ヘルメットの中から声を上げて挑発した。口の中はからからだ。

キングが身体をこちらに向けた。

言葉とバイクの動きで挑発を繰り返す。その間に滝沢が車で二人をピックアップする。それを確認したら、思い切り突っ走ればいい。冴香はキングの目を真っ直ぐに見た。

キングが冴香に向かって、ゆっくりと歩き出した。

その巨体に向かって突っ込んだ。キングが足を止めた。

スロットルを開いたままリアブレーキを利かす。キングの身体が近づいてくる。車体を左に傾けながらハンドルをいっぱいまで左に切り、同時に上半身をわずかに右に持っていく。フルロックターン。慣れなければ難しい技術だが体が覚えている。一歩後ずさったキングの目の前でUターンした。そのまま二十メートルほど進み、今度は大きく弧を描いてUターンした。

「どうしたキング。さすがのあんたもバイク相手じゃ勝てないか」

挑発する声がかすれた。キングと目を合わせているだけで、叫びだしたくなる。

滝沢の車はまだ姿を見せない。

離れた場所にいても、キングの殺気がひしひしと伝わってくる。歯を食いしばった。

このままキングを撥ね飛ばしてしまえばいい。挑発を繰り返す心の余裕はなくなっていた。再びスロットルを開いた。真っ直ぐキングに向かってバイクを飛ばした。

ぶつかる。スロットルを握る手に力を入れた。

消えた。

冴香はそのままバイクを走らせた。沼田たちの脇でUターンした。

キングは素早く右に飛んでバイクをよけていた。手負いの身体とは思えない動きだ。

今度は逃がさない。撥ね飛ばしてやる。自分の心に鞭《むち》を入れてスロットルを開いた。

突然、キングがバイクに向かって走り出した。

頭が混乱した。それでもスロットルを思い切り開いた。このまま突っ込んで撥ね飛ばす。キングと目が合った。恐怖がハンドルを切らせた。脇をすり抜ければいい。そう思った瞬間、激しい衝撃を受けた。バランスが崩れる。ハンドルを握る手に力を入れ、ステップを強く踏んで立て直そうとした。間に合わなかった。バイクが横倒しになった。冴香は放り出されるように宙を飛び、道路に背中を叩きつけられた。バイクはアスファルトの上を滑り、道路脇の木にぶつかって止まった。

背中に激しい痛みを感じた。それでも何とか上体を起こして膝立ちになった。

道路の端の方にキングが倒れている。

あの男はバイクに向かって走ってきた。冴香がよけようとした時、バイクに体当りをしてきた。それ以外に考えられなかった。

どうかしているとしか思えない。あの時点でスピードはかなり上がっていた。おそらく道路の中央から端まで弾き飛ばされたのだろう。

横たわるキングを見つめた。自分の身体が震えているのに気付いた。それでもこれで何とかなった。キングが墓穴を掘った。

冴香は立ち上がろうと道路に右手をついた。同時に目を見開いた。

キングの身体が動き始めた。ゆっくりと上体を起こした。一回、二回、三回、首を左右に動かし立ち上がった。辺りを見回している。

キングの目が冴香を捉えた。

醜く焼けただれた顔が歪んだ。笑っている。

信じられない。化け物だ。身体中から力が抜け絶望が心を覆いつくした。

キングがゆっくり近づいてくる。

身体が動かない。

「お兄ちゃん」

思わずつぶやいて、ライダースジャケットの上から胸のペンダントを握りしめた。

キングが道路の中央まで来た時、冴香の背後の闇が光を放った。

キングがまぶしそうに、片腕を目の前にかざした。

「冴香、どけ」

滝沢の声だ。何も考えずに右に大きく跳んだ。

冴香の身体をかすめるように、黒い車体が走り抜けた。鈍い音がして、キングの身体が宙に舞った。砂袋を叩くような音を上げて、キングの身体が道路に落ちた。

「冴香、大丈夫か」

滝沢が車から降りて駆け寄ってきた。

滝沢に抱きかかえられるようにして立ち上がった。道路の端に倒れているキングに目をやった。

動けなかった。恐怖が戦う心を上回った。初めての経験だった。今にもキングが動き出しそうで、見ていることができない。

負けた。その言葉しか浮かんでこなかった。

29

缶コーヒーをひと口飲んで息をついた。

口の中に広がる甘さで、滝沢はようやく緊張感がほぐれた。

多摩湖畔の現場を離れて、来栖が新しく手配した事務所に全員が顔をそろえている。渋谷駅に近いマンションの一室で、六本木と同じ八階の部屋だ。

電気は通っているが家具は一切ない。照明器具があるのは、このリビングだけのようだ。床の上に、来栖が買ってきた缶コーヒーや軽食が並んでいる。

冴香は壁際の床に腰を下ろし抱え込んだ膝に顔をうずめたままだ。バイクを置いて一緒に車で帰るように言ったが、冴香はそれを頑なに拒んだ。スピードは出さず、滝沢の運転する車にぴったりついて帰ってきた。

翔太は身体を丸めて床に直接、横たわっている。

滝沢は、目の前の缶コーヒーを取り、プルトップを引いた。冴香の前まで行き、缶コーヒーを差し出した。

冴香は、顔を上げ滝沢に力のない笑みを向けて受け取ると、すぐに視線を落とした。

「みんな、ごめんなさい」

翔太が身体を起こして正座をした。

「僕が勝手な行動をとったことで、皆さんを危険な目に遭わせてしまった」

翔太が頭を下げた。

「それは違う」

冴香が顔を上げた。

「翔太は、私を守ろうとした。問題があったとすれば、それは現場での私の……」

「もういいよ」

沼田が穏やかに冴香の言葉を遮った。

「俺たちに油断があったのは確かだ。それでも全員が無事戻ってきた。これが結論だ」

沼田が、きっぱりと言った。

「紅蓮の連中ですが」

来栖が落ち着いた声で続けた。

「後始末は佐々倉氏に頼んでおきました。地元の警察が現場に行って、連中の身柄を確保しているはずです。しばらくは警察病院かもしれませんが、器物損壊か住居侵入で逮捕して取り調べ、ということになると思います」

来栖がいったん言葉を切って、わずかに目を逸らした。

「正体については警備・公安に知らせず、刑事部でしっかり叩くつもりでしょう」

今回の事案は全て、刑事局長と警備局長の長官レースに絡んでくる。秀和の誰かが命を落とすことになったとしても、それは変わらない。

「冴香」

滝沢は、下を向いたままの冴香に声をかけた。つらいのはわかるが、確認するべきことは、今のうちにしておかなければならない。

「俺たちが部屋に入る前に、男が入って、しばらくして出てきた。何があったんだ」

「紅蓮の一人だと思う」

冴香が顔を上げて言った。

「紅蓮は、誰かに頼まれて私たちを見張っていた。かなりの報酬が払われている口ぶりだった。キングは、わけのわからない三人が好き勝手を言う。パシリはごめんだ。好きなようにやる。そう言って……」

冴香が微かに顔を歪め、下を向いた。

三人というのは傭兵のことだろう。滝沢は、黙って次の言葉を待った。

わずかの沈黙を挟んで、冴香が顔を上げた。感情を押し殺した表情だ。

「翔太をさらって私を呼び出したのは、キングがチーターを使って勝手にやったことのようだった。キングともう一人の男は、完全に仲間割れという雰囲気だった」

キングが冴香を見て我慢ができなくなり、暴走したということで間違いなさそうだ。

「後から入ってきた男は、身体は大きくないけど、かなり強いと思う。いざとなればキングともやり合う覚悟を持っていた」

新宿で橋爪が言っていたランだろう。紅蓮と傭兵に報酬を払って仕事をさせているのが、今回の爆発事件の黒幕、つまりスサノウということで間違いなさそうだ。

しばらく誰も口を開かなかった。

「近くのビジネスホテルに部屋を取ってあります。今日は、そこで休んでください」

重たくなった空気を払うように、来栖が言った。

「そうさせてもらおう」

沼田が立ち上がった。

「明日は午後一時に、ここに集まってくれ。紅蓮が壊滅したわけじゃない。傭兵も何をしでかすかわからない。休むのは全て終わってからだ。いいな」

沼田が厳しい表情でみんなの顔を見た。

冴香と翔太は顔を伏せたままだった。

30

バスルームの鏡の前に立った。情けない顔だ。どこにも戦う意思は見えない。負けた。それも戦って負けたのではない。最後は恐怖で身体が動かなかったのだ。

冴香は、ライダースジャケットを脱いだ。

首から下げているペンダント。星の形が銀色に光っている。もらったのは二十年近く前だ。それ以来、肌身離さず持っている。

「お兄ちゃん」

ペンダントを握り、つぶやいた。生きていれば唯一の肉親だ。

兄がくれたこのペンダントが、冴香の心の支えだった。つらい時はいつも、ペンダントを握りしめ、心の中で兄に話しかけた。

ペンダントをもらったのは、冴香が小学五年生の時だった。中学の修学旅行のお土産《みやげ》だと言って渡してくれた。強く優しく、いつも幼い冴香を守ってくれた。

父親は古武術道場の道場主だった。兄と冴香は、物心ついたころから、厳しく鍛えられた。

兄は、高校三年生の時、道場での立ち合いで、父を死なせ家を飛び出した。生き残るのは、父と兄のどちらか一人という状況だった。冴香は結果的に兄に手を貸してしまった。兄と妹が父親を死に追いやった。他の道は選べなかった。だが重い罪悪感を消し去ることはできなかった。

「これからお前は一人だ。強くなれ。そうすれば必ずまた会える」

兄は家を出る前に、冴香に言った。

必ず生きている。必ず会うことができる。そう信じている。

ペンダントをそのままにTシャツを脱いだ。

鏡に映る自分の裸。男でも女でも、この姿を見たら目を背けるだろう。左の鎖骨から乳房の下にかけて、ケロイド状の火傷《やけど》の痕で覆われている。自衛隊を逃げ去る時に襲われ、負ったものだ。誰が何のために襲ったのか、今もわからない。全てを明らかにしてケリをつける。これまでは火傷の痕を見つめ闘志を掻き立ててきた。だが今は醜いと思うだけだ。

見つめていると、キングの焼けただれた顔が浮かんできた。両肩を抱いて、その場にしゃがみ込んだ。自分の身体にキングの顔が貼り付いている。歯を食いしばっていないと叫び出しそうだ。この火傷の痕を見るたびに、キングを思い出すのだろうか。恐怖に負けて動けなくなった自分の、みじめな姿と一緒に。

シャワーを浴びてベッドに横たわった。そのまま溶けてしまいそうなほど疲れている。部屋を暗くして目を閉じると、キングの姿が浮かんでくる。焼けただれた顔で、不気味な笑みを向けてくる。あの時の恐怖が身体の奥から蘇り飛び起きる。

このまま外に飛び出し、ドゥカティを駆ってどこまでも走り続けたい。スロットルを全開にして、真っ直ぐに突っ走る。その先にあるものが何であっても構わない。ガードレールを突き破り海に向かって飛んでいくのか。カーブを曲がり切れずに崖に突っ込んでいくのか。

窓の外が白み始めた。いつの間にか夜が明けたようだ。

31

コーヒーの香りが、身体に広がっていく。

滝沢は、新しい事務所の近くで見かけた喫茶店に一人で座っている。集合時間までは、まだ一時間ほどある。一晩寝て身体は、ほぼ回復している。

新しい事務所は、国道246号線を挟んで、渋谷駅の反対側だ。

昨夜は、ホテルでシャワーを浴び、ようやく一息ついた。気持ちが落ち着くと冴香が心配になり、部屋を訪ねようとしたが、思いとどまった。滝沢がどんな言葉をかけても救いにはならない。冴香が自分の力で乗り切るしかない。

「おはよう」

声をかけられて振り向いた。トレーを持った沼田が立っていた。

「表から姿が見えた。身体は大丈夫か」

沼田は滝沢の前に腰を下ろした。

「沼田さんこそ、どうなんですか」

「骨に異常はない」

沼田は右肩を回した。

「それより朝刊は見たか」

「いえ、さっきまでベッドの中でしたから、新聞もテレビも見ていません」

沼田が持っていた新聞を滝沢の前に置いた。

『爆弾テロ　犯行予告』

一面に大きな見出しが躍っている。慌てて手に取った。

ＪＲ新宿駅東口駅前広場の爆発事件の犯人を名乗る人物から、第二の犯行を予告する文書が届いたとある。しかも届いたのは事件の三日後の今月一日で、警察庁の幹部の自宅に、家族宛に郵送されていたということだ。すでに四日が経っている。

「新聞は、この一紙だけだ。テレビは、このニュースで持ち切りだ」

「本当なんですか」

「警察は正式に認めた。ただし本当に犯人からのものかどうかわからないので、発表はしなかったという説明を繰り返している。次の犯行場所も記されていなかったということだ」

警察が発表に踏み切らなかったのも頷ける。本物だとすれば、犯人逮捕に向けた重要な証拠になる。反面、事件に便乗した愉快犯の可能性は否定できない。

しかし発表しないままマスコミに報じられたとなると、話は別だ。事件は解決しないまま一週間が経とうとしている。発表しなかったことの是非も含めて、報道は過熱する。

「しかし、この記事は……」

滝沢は新聞から顔を上げて沼田を見た。

「警察にとってトップシークレットのはずだ。それがまたリークされた」

この情報をリークしたとなると、かなり上層部と思っていい。

事件の二日後には、捜査を巡って刑事部と公安部の間に、意見の対立があるという記事が出た。これも通常は表に出ない話だった。警察内部の疑心暗鬼は、さらに広がっているのだろう。

「所長が、佐々倉に会いに行った。この状況で会えるかどうかは、微妙なところだな」

犯行予告の件は、来栖に知らされていなかったということだ。

「それより冴香のことだ。しばらく現場は難しいかもしれないな」

沼田が厳しい目を向けてきた。

滝沢は黙って頷いた。

そのまま二人とも口を開かなかった。ここで何を話しても、結論が出ないことはわかっている。

「そろそろ行くか」

沼田が腕時計を見て立ち上がった。

店を出て、桜並木が有名な、なだらかな坂を下った。目の前に最近完成したばかりの高層ビルが現れた。商業施設やホテルが入っていると聞いている。首都高速の向こうにも新しい高層ビルが建っている。渋谷駅周辺は百年に一度という大規模な再開発が進み、ここ数年で景観も人の流れもすっかり変わっている。大型クレーンが据えられた建設中のビルも見える。これからさらに開発が進み人が集まる。外国からの観光客も増えていく。テロへの警戒はさらに難しいものになっていくだろう。

32

冴香が事務所に入ってきた。誰とも顔を合わせようとせずドアの近くに立っている。午後一時にはまだ十分ほどあるが、全員が顔をそろえた。

「こっちに座れよ」

滝沢は、ソファーに座ったまま冴香に声をかけた。

マンションのリビングは、事務机とソファーが整い、事務所としての体裁が整っている。午前中に一気に搬入したようだ。

コーヒーメーカーから、甘い香りがしている。来栖の日課は、新しい事務所でも変わらないようだ。

秀和がコンサルタント契約をしている、不動産会社の管理物件だということだった。広いリビングのある3LDKのマンションだ。こちらも寝泊りにも困らない。

冴香が滝沢の隣に腰を下ろした。向かいのソファーには沼田と翔太。来栖は四人を左右に見る位置に椅子を持ってきて座った。

「佐々倉氏は頭を抱えていました」

来栖がテーブルの上の新聞を指さした。犯行予告の記事が載った新聞だ。

「犯行予告は、警察庁の横光刑事局長の自宅に、夫人宛ての封書で届いたそうです。この段階で予告状は刑事局と警視庁刑事部のものになりました。予告状には、爆発物を入れた袋の材質、形状が詳しく書かれていました。これまでの捜査で判明したものを正確に示していたそうです。もちろん報道されていない情報です」

来栖が説明を続けた。

刑事部の精鋭で特別班を組織して、予告状をもとにした捜査が進められている。投函されたのは長野県内の温泉地だということは、すぐにわかった。地方の小さな街で温泉客は多いが、防犯カメラなどない界隈だった。今のところ、有力な情報はないということだ。

「この記事が出たことで、刑事局の独走を批判する声が、かなり強く上がっています。警視総監と刑事局長は、国家公安委員会委員長から、直接説明するよう求められたそうです」

政治家が、表立って口を挟んできたということだ。警察庁長官人事には、当然、時の政権の思惑が絡んでくる。

「それで佐々倉も頭を抱えているというわけか」

「佐々倉氏が頭を抱えているのは、そこではありません」

来栖が顔を上げた。

「この予告状のことは、刑事局と刑事部の上層部の人間しか知りませんでした。刑事部の特別班も、マスコミに漏らすような人間は選ばれていません」

「刑事局・刑事部の上層部にも敵がいると思わせるには、十分ということですか」

沼田の言葉に来栖が頷いた。

「このレベルの情報が漏れるようだと、犯人逮捕は無理ということになります」

来栖の言う通りだ。捜査の方向が筒抜けになれば、犯人側はいくらでも手が打てる。何より犯人の居場所がわかり身柄確保に向かっても、事前に姿を消すことができる。

「佐々倉氏に傭兵の話をしました」

来栖が言った。

「傭兵の存在は知りませんでした。公安が必死になって、海外からの帰国者を追っている、という情報は得ていたということです。それが何者かは、掴めていなかったそうです」

刑事局長のラインにとって、かなり有力な情報を、秀和がもたらしたことになる。

「佐々倉氏には、傭兵の居所も掴めそうだと伝えました」

「ちょっと待ってください。確かに俺の情報屋から手掛かりが得られる可能性はあります。だが簡単な話じゃない。佐々倉に言えるような段階じゃありませんよ」

「ブラフです」

来栖が、滝沢に目を向けて言った。

「公安はすでに写真を入手している可能性が高いですが、捜査本部には傭兵の存在も伝えていません。刑事部は、まず傭兵を特定して、写真を入手するはずです。それを急がせ、こちらに渡すよう求めました。写真があれば、すぐにでも居所を摑むことはできる、と匂わせました。佐々倉氏は、細かいことを訊かずに頷きました。情報を持っている側が主導権を握れるということです」

来栖は、いつもの落ち着いた表情で言った。犯行予告の件を佐々倉が伝えなかったことには触れない。佐々倉との関係を冷静に見つめ、駆け引きを続けている。警察と対等とまではいかないが、秀和のやりやすい方法での捜査ができる状況を作ろうとしている。

悪くない。滝沢は来栖の横顔を見て頷いた。

33

昨夜は、全員が事務所に泊まった。滝沢と翔太は、事務室のソファーで寝て、来栖と沼田、それに冴香が部屋で休んだ。部屋には、ベッドも用意されている。翔太のパソコン一式は、事務所の壁際に、パーテーションでスペースを作って設置してある。

滝沢は、ソファーに座ったままコーヒーを口にした。今は傭兵の件で佐々倉に会いに行った来栖を待つだけだった。正面に座っている沼田も黙って新聞を読んでいる。

翔太はいつも通りパソコンに向かっている。

冴香は朝方、一度顔を出したが、その後は部屋に入ったままだ。

テレビは今日も、新宿の事件の報道が続いている。捜査の進展がないと警察に対する批判の声が高まっている。

午後六時を回り、来栖が事務所に戻ってきた。

冴香も部屋から出てきて、全員がソファーに集まった。

来栖が写真を四枚、テーブルに置いた。

「帰国した傭兵と思われる三人です。フランスの雑誌に載っていた写真を、刑事部が手に入れたそうです。百パーセントではありませんが、まず間違いないということです」

「よく一日で、こんなものが手に入ったな」

滝沢は、写真を見ながら思わず口にした。

正式な捜査なら、パスポート写真を入手することがあるが、公安に動きを知られないために、外務省や出入国在留管理庁の協力を得ずに作業を進めたはずだ。

「傭兵の情報を専門にしている、裏サイトがあるんだ」

翔太が言った。

「一般人はアクセスできない海外のサイトでね。個人名こそ出ていないけど、ニックネームくらいは載ってる。傭兵の経歴や動向、かなりの情報が集まってる。そこを徹底的に当たって、さらにフランスの雑誌と照らし合わせた。そんなところかな」

翔太の言葉に頷き、改めて写真に目を向けた。戦場の緊張感がないので、どこかで待機しているところだろう。三人が並んで腰を下ろしている一枚と、三人を個別にアップにした写真がある。雑誌の記事も一緒に写っている。三人を東洋人と紹介して、部隊内でのニックネームも載っていた。

一人はかなり若く、まだ二十代後半に見える。細身の俊敏そうな身体をしている。ニックネームはタスク、牙の意味だ。刃物を使うのを得意にしていると書かれている。写真からでも冷酷な感じがうかがえる。

他の二人は両サイドを刈り込んだ短髪だ。一人はかなり長身で、逆三角形の鍛え上げた体形だ。ニックネームはリザード、トカゲだ。正面から顔を捉えた写真を見ると、その風貌から名前がついたようだ。

もう一人はかなり太めで、ニックネームはスノーマン、雪ダルマだ。名前は可愛いが、写真の目は、細く冷たい。

「これから戦う相手だ。名前があった方がやりやすいな」

滝沢は、写真を一枚ずつ指さした。

「このニックネームをもらおう。牙、トカゲ、ダルマ」

「いいだろう。わかりやすい」
沼田が言い、他の三人も頷いた。

34

翌日の午後、思わぬ相手から電話が入った。公安の外事三課にいる柳田だ。警視庁の同期で四日前に新宿の現場で出会っている。

柳田は余計なことは何も言わなかった。午後三時に品川駅の近くで会うことになった。秀和の誰かに車を運転させて、滝沢は後ろの席に座って来るように指示された。

電話を切って、みんなに電話の内容を説明した。

「公安の柳田が、滝に会いたいというのはどういうことだ」

沼田が眉をひそめて言った。

「わかりません。間違っても捜査に協力しろとは言ってこないでしょう」

秀和のメンバーには、新宿で会った時の柳田とのやり取りは報告してある。沼田のエスの件は口にしていない。

「とにかく行ってみます。頼むぞ」

最後のひと言を翔太に向けて言った。

柳田の用件が何なのか見当がつかないまま、翔太と事務所を出た。

指定された場所に車を停めると、柳田が後ろのドアを開けて入ってきた。

「一階に喫茶店が入っているビルがあるだろ。あそこから出てくるやつをつけてみろ」

柳田がフロントガラス越しに道路沿いに目を向けて、いきなり言った。
五、六階建ての雑居ビルが並んでいる。柳田が言ったビルは、一階の喫茶店以外に看板などはなく、上の階がどうなっているのか、ここからではわからなかった。
「何が始まるんだ」

「傭兵に行き着くかもしれない」

滝沢は、思わず柳田の横顔に目をやった。表情は変わっていない。

「紅蓮に言われて荷物を運んでいる奴が出てくる。黒のチノパンにレザージャケットを着ている。段ボール箱を持っているはずだ。行き先が傭兵の潜伏先かどうかは、五分五分だ」

「なぜお前たちが行かないんだ」

傭兵の所在確認は、公安にとって最も優先すべき事案のはずだ。

「お前からもらった情報がきっかけとはいえ、これを話す気などなかった。新宿のホンボシかもしれないんだ」

「ならなぜ」

「紅蓮が関わっているらしいという情報を課長に上げた。俺を含めて二班が担当になり動きを探った。二人、別件で引っ張って締め上げた。それで行き当たった。紅蓮に言われて、荷物を運んでいる男がいるとな」

かなり強引な取り調べをしたようだ。

「課長に報告した。さすがに課長も色めき立って課のメンバーに緊急招集をかけた」

柳田が言葉を切り大きく息を吐いた。

「マークした男は夕方になって荷物を車に積んで出発した。俺たちは車六台に分乗して尾行した。男の車は首都高からアクアラインに入った」

柳田が悔しさを隠せない口調で続けた。

男の車はアクアラインを抜け、圏央道から東金《とうがね》ジャンクションを通って、千葉東金道路に入った。都内に向かう道だ。都内からアクアラインを通ってこの進み方は不自然だった。尾行を警戒しているのかと思ったが、六台が交互に後ろにつくので、気付かれたとは思えない。さらに男の車は京葉道路に入り、最初のサービスエリアに入った。

「そこでのんびりとラーメンを食い、喫煙スペースでタバコを吸い始めた。

「ここまでくれば、俺たちもおかしいと思った。課長の判断をあおいだうえで、声をかけたよ。男が一人を突き飛ばして逃げ出した。その場で公務執行妨害で緊急逮捕だ」

男は遊び仲間の先輩に荷物を運ぶように頼まれたが、途中で電話があり、行かなくていいから、なるべく時間をかけて都内に戻るように言われた。最終的な行き先は携帯に連絡が入ることになっていたので知らないと言い張った。だがナビの行き先に木更津の住所が入っていた。一台が男を本庁に連れていき、五台でその住所に向かった。

「半分朽ちかけた倉庫だった。一ヶ所だけ妙にきれいに片付いたスペースがあった。俺たちは手分けをして周辺の聞き込みをした。車も人もめったに通らない場所だ。それでもトラックの運転手が港に向かう途中に、この倉庫から車が出てくるのを見ていた。こんな倉庫からきれいな車が出てきたので驚いたと言っていた」

そこまで言って柳田は口をつぐんだ。

滝沢は、黙って柳田が話し出すのを待った。

しばらくの沈黙の後、柳田が窓の外に顔を向けて話し出した。

「男が運んでいた箱には、黒色火薬、大量のライター用のオイル、それにアルミ板が入っていた。男を夜通し徹底的に叩いた。ランと呼ばれる紅蓮の頭の命令だと吐いたよ。だったら行き先は傭兵の潜伏先の可能性は極めて高い。俺たちは間違っていなかったんだ」

「それがなぜ空振りした」

滝沢の問いかけに柳田が顔を向けてきた。

「わかるだろ。情報が漏れたんだ。それで傭兵にすぐに倉庫から離れるように伝わった。俺たちは運搬役の男に引っ張り回されたってことだ」

公安関係者にもスサノウの手が伸びているということなのか。

柳田が下を向き、大きく息を吐いた。

「あのビルにいる男は誰なんだ」

「別の運搬役だ。急遽仕立てられたのだと思う」

「なぜお前らが追わないんだ」

「課長がすべての動きを止めた。今のまま傭兵の居場所を探っても結果は同じことだ。まず公安内のスパイを洗い出さなけりゃ意味がない。そもそも公安内にスパイがいるなんてことが知られたら、公安の存在意義が吹っ飛んじまう。ところが、それを誰に探らせればいいかがわからない」

公安も疑心暗鬼で身動きが取れなくなっているのだ。

「少なくとも俺はスパイ捜しを命じられていない。つまり、この非常事態だというのに、やることがないのさ」

柳田は上には告げず、単独行動で別の男の動きを追っていたのだろう。公安だけでなく刑事部の中にもスサノウのメンバーがいるなら、やつらも安心して動けるということだ。

「俺一人で割り出した男だ。それでも尾行する価値はあると思う」

「いいんだな」

「沼田のおっさんのことを笑えなくなっちまった」

心が折れたということか。

「滝沢、この事件、警察の内部にいては手も足も出ないかもしれない。お前らの方が頼りになりそうだ」

柳田が滝沢から目を逸らして言い、車を降りた。

去って行く柳田の後ろ姿を見つめた。背中に疲れが張り付いている。

「警察内部は、想像以上に面倒なことになっているんだね」

助手席に移った滝沢に、翔太が声をかけてきた。

「これから傭兵のアジトまで、尾行が続くことになるかもしれない。気を引き締めてくぞ」

滝沢は、柳田の後ろ姿を頭から追い払って言った。

35

柳田が車を降りて十分もしないうちに、ビルから段ボール箱を抱えた男が出てきた。黒のチノパンにレザージャケットを着ている。

男は、路肩に停めていた車のトランクに段ボール箱を二つ積み込んだ。

「頼んだぞ」

翔太に声をかけて、尾行を開始した。

事務所にいる沼田に電話をして、経緯を説明した。

男が運転する車は、品川駅の脇を抜けて第一京浜に入った。間に五台ほどを挟んで後をつけた。高輪二丁目の交差点を過ぎて百メートルほど行った所で、男の車が左に曲がった。マンションやビルが立ち並ぶ道だ。

翔太は、後を追わず、そのまま直進した。

「どうした」

滝沢は、後ろを振り返りながら、翔太に声をかけた。

「あそこは一本道で、すぐに左に直角にカーブして、手前の高輪二丁目の交差点を左折した道にぶつかるんだ」

「どういうことだ」

「あそこを曲がるのは、その間のわずかな距離にあるマンションやビルに用事がある車だけなんだ。そうじゃなけりゃ、高輪二丁目の交差点を左折すればいい。奴の行き先が、あの通り沿いにあったとしても、僕らはそのまま進まなきゃいけない。不自然だよね。尾行を疑われたら、傭兵は居場所を変えちゃうし、警戒も厳しくなる」

「よく知っているな」

「都内の道なら、だいたい頭に入っている」

尾行は、わずかの時間で失敗したが、警戒されるよりはいい。柳田には悪いが、もう一度、やり直すしかない。

滝沢がそう思った時、翔太はハンドルを左に切り、道路沿いにある車のディーラーの駐車場に入った。すぐに胸にネームプレートを付けたスーツ姿の男が、笑顔で寄ってきた。

翔太は、窓を開けて顔を出した。

「ごめんなさい。間違えて入っちゃった。すぐ出ます」

スーツの男は、笑顔を絶やさず、承知しました、と言って頷いた。

翔太は、車の向きを変えて、道路に出られる位置に止めた。車が途切れたが、翔太は、車を発進させなかった。

スーツの男が心配そうな顔で寄ってきたが、翔太は、道路を見たままだ。

「来たね」

翔太が小さく言った。目の前を、例の男の車が通り過ぎて行った。

数台の車が通り過ぎると、翔太は、アクセルを踏み、わずかな途切れに車を突っ込んだ。

男の車は、十台ほど先に確認できた。

「どういうことだ」

「あいつは、さっきの道を左折した後、左折を繰り返して、この道に戻ってきたってこと」

「わかっていたのか」

「確信はなかった。でも目的地に向かいながら尾行の有無を確認しているのなら、元の道に戻ってくる可能性はあるからね。それに、この道に戻らずに右に曲がると、高輪警察署の前に出るんだ。何を積んでいるのか知らないけど、警察の前は通りたくないんじゃないかな」

翔太が前を見たまま言った。

「お前に頼んで良かったよ」

「少しは、役に立ちたいからね。でも面倒なのはこれからさ」

いつものおどけた調子ではなかった。

男の車は都内を三十分ほど走り、首都高速に乗り、中央道に入った。平日の午後で通行量は多いが、渋滞するほどではない。

「高速に乗って、安心したのかな」

二十分ほど走ったところで、翔太が前を見たまま言った。

「わかるのか」

「高速で、尾行を確認するつもりなら、一番左の車線をゆっくり走ればいい。あるいはインターを出て、同じインターからもう一度高速に入る。パーキングエリアに入って、そのまま本線に戻るって手もある。それをしないということは、尾行の確認は都内で終わったつもりでいるんだと思うよ。言われたとおり走った、というところかな」

男の車は、かなり先だが、はっきりと確認できる距離につけている。

八王子ジャンクションで、中央道と交差する首都圏中央連絡自動車道に入った。車は少なくなったが、まだ間に五台は挟んでいる。

男の車は、高尾山インターチェンジの出口に向かった。

翔太もハンドルを左に切った。男の車との間には、まだ車が三台いる。

インターを下り、男の車が信号を左に曲がった。間は地元ナンバーのワゴン車と乗用車の二台になった。住宅が立ち並ぶ一帯を通り抜けると、道路脇には、畑が広がり、その向こうは山林だ。少し先に、大きな平屋がある。工場のようだ。

男の車が左に曲がった。山間部に向かう道だが、比較的広く、舗装もされている。

翔太は、そのまま直進して、百メートルほど進んだ所で車を停めた。

「さすがに、あそこを追いかけていくわけにはいかないね」

「しばらく待ってみよう」

滝沢が言うと、翔太は車をUターンさせて、工場の手前の路肩に停めた。

十分も待たずに、車が出てきた。来た時とは逆に、滝沢たちの車の方に向かってきた。助手席に一人乗っている。

翔太が、ゆっくり車を発進させ、工場に隣接する土地に入った。軽トラックと、ワゴン車が駐まっている。舗装はされていないが、工場の駐車場のようだ。

滝沢は、窓越しに道路に目をやった。車はスピードを落とすことなく走り去っていった。

「見たか」

滝沢は、翔太に顔を向けて言った。

翔太が緊張した表情で頷いた。

「牙だね」

間違いない。助手席に乗っていたのは、三人の傭兵のうち、一番若い男。刃物の使い手と言われている牙だった。

車が戻ってきた時間を考えると、潜伏場所はそう遠くない。

「追いかける？」

「やめておこう」

車が向かった先は、住宅地があるが、地図で見る限り、そこまでは山林と畑が続いている。目立ちすぎる。

「俺は、そこで話を訊いてくる。道路の方を見ていてくれ」

滝沢は、車を降りて工場に向かった。

工場の敷地に入ると、作業服を着た人の好さそうな中年の男性が建物から出てきた。

36

午後九時を過ぎた。全員が事務所に揃っている。

滝沢と翔太は、八王子から戻って、柳田の件も含めて尾行の顛末を報告した。プラスチック部品の成型工場の社長だった。傭兵を乗せた車が出てきた道の先には、景気のいい時は、一日に何台もトラックが行き来していたが、一年ほど前に閉鎖して、今は放置されているということだった。

さらに、滝沢が話を訊いている間に、例の車が戻ってきて、山道に入って行った。助手席には牙が乗ったままだった。車は、数分後にまた下りてきて、インターチェンジの方に走っていくのを翔太が確認している。乗っていたのは、運転している男一人だった。

「その廃工場に傭兵が潜伏しているということか」

「少なくとも牙はいる」

「これから、どう対処するかな」

沼田が腕を組んだ。

佐々倉に伝えて、警察が傭兵の身柄確保に動き出せば、その情報は警察内部のスサノウの一員に伝わる。そして傭兵は居場所を変える。

「相手は傭兵だ。警察の力を使わなければ、身柄を押さえるのは無理だ」

沼田が、みんなの顔を見回して続けた。

「傭兵が一ヶ所に、ずっといるとは限らない。傭兵が廃工場にいることをまず俺たちが現場で確認する。確認できたら、何としてでも足止めする。その間に一気に警察を突入させる。佐々倉は、刑事部を動かして傭兵の身柄確保に動くはずだ。今の状況なら乗ってくる」

「佐々倉氏の周辺から情報が漏れる懸念はどうします」

来栖が言葉を挟んだ。当然の疑問だ。

沼田が来栖に顔を向けた。

「佐々倉も刑事局長も、刑事局と刑事部の幹部が一枚岩じゃないと知っています。その前提で、どこまで動けるかは、佐々倉と刑事局長の判断次第でしょう。情報をごく限られた人間だけで押さえたうえで、すぐ動ける態勢を取れるかどうかです」

「俺たちは、傭兵の所在確認と足止め、ということか。そこが限界だろうな」

滝沢は、沼田の案に同意した。翔太と冴香にも異論はなさそうだ。

「今から、佐々倉氏に会いに行きます」

来栖が腕時計に目をやって立ち上がり、事務所を出て行った。

一番の問題は、刑事局長が乗ってくるかだ。一歩間違えれば、傭兵の居場所を摑みながら刑事部の単独捜査で取り逃がすという、大きなミスになる。犯行声明の件で窮地に立たされているうえに、そんなことがあったら、長官レースどころか刑事局長としての立場が危うくなる。そのリスクを避けるか、刑事部による被疑者確保で逆転を狙ってくるか。それは、滝沢が考えても仕方がないことだ。

滝沢は、スマホを手に取った。今日の尾行の顛末を柳田に伝えるか、一瞬迷った。足並みをそろえて戦っているわけではない。そのままスマホをポケットにしまい、目を閉じて、ソファーの背に身体を預けた。

37

来栖が出て行ってから一時間ほど経った。誰も口を開かない。

冴香は、ソファーに腰を下ろしたまま目をつぶっていた。

みんな気付いている。キングとの戦いに身体ではなく、心が負けてしまったことを。

闘争心を奮い起こそうとすると、焼けただれた顔で笑うキングの姿が浮かんでくる。胸がつぶれそうになる。吐き気さえしてくる。

次の相手は傭兵だ。今のままでは、自分の動きで他のメンバーを危険にさらすことになる。それだけは避けなければいけない。

正直に今の気持ちを話して、戦いから外してもらうのが正しい道だ。滝沢も沼田も、黙って許してくれるだろう。むしろ冴香自身がそれを言い出すのを待っているのかもしれない。

「冴香」

滝沢の声だ。

目を開けると、三人の視線が冴香に向けられていた。

「大丈夫か」

滝沢が向かいのソファーから見つめてきている。何度か呼ばれたのかもしれない。

「大丈夫よ。いつでも動けるから心配しないで」

気持ちとは裏腹に、強気の言葉が口をついて出た。そんな自分が嫌になる。仲間を信頼しているなら、正直な気持ちを言うべきだ。わかっていても、弱気な姿は見せたくない。そうやって生きてきた。滝沢に気付かれないように、奥歯を嚙みしめた。

「少し、部屋で休んでいいぞ」

沼田が声をかけてきた。

「そうさせてもらうわ」

冴香は躊躇わずに立ち上がった。一人になって、戦う心を取り戻すために何が必要か、もう一度考えたい。そう思って部屋のドアを開いた。

部屋に入りライダースジャケットを脱いだ。Tシャツと下着も脱ぎ捨てた。

クローゼットの鏡に映る胸の火傷の痕を見つめた。すぐに目を閉じた。

自分だけの戦い。そう思い心に秘めていた。だが秀和が戦っている相手が自分の敵と重なってきている。そう感じている。

今、戦いの場から逃げるということは、秀和から去るだけではない。今日まで続けてきた自分の戦いを捨てることになる。それはこれからの人生を敗北者として生きていくことに他ならない。そんな人生には耐えられない。死んだ方がましだ。

目を開き火傷の痕をじっと見つめた。キングの残忍な笑みが頭の中から消え去るまで見つめ続ける。自分に言い聞かせた。

38

来栖が帰ってきたのは、午後十一時を過ぎたころだった。出た時には持っていなかったアタッシェケースを提げている。

「こちらの考えを全て話しました」

来栖が沼田の隣に腰を下ろして言った。

翔太が立ち上がり、冴香の部屋をノックした。

ドアが開き、冴香が出てきた。ソファーに歩み寄り、滝沢の隣に腰を下ろした。

来栖が頷き、話し始めた。

「佐々倉氏は、こちらの作戦に乗りました。情報は佐々倉氏と横光刑事局長、それに警視庁の刑事部長と直属の部下に限って伝えて、準備を進めることになりました。総監には、出動が決まった時点で報告し最終決定を受けることにしているようです」

これだけの事件だ。動きは逐一、長官や総監に報告しなければならない。それを怠れば官僚としては大きなマイナスポイントになる。

「秀和が動くのは、佐々倉氏からの連絡を待ってという段取りです」

「刑事局長が動くとなると、SITを出動させることになるかな。事案からすればSATの方が適任だろうが、今の状況でそれはないだろう」

沼田が小さく首を振りながら言った。

警視庁のSITは、刑事部の捜査一課に所属している特殊事件捜査班だ。高度な捜査技術や科学知識を持っていて、誘拐やハイジャック事件といった人質立てこもり事件が専門だ。人質救出など、武器を持った犯人を想定した訓練も受けている。

これに対してSATは、警備部の警備一課に所属する特殊急襲部隊だ。ハイジャックや施設の占拠などを含むテロ、それに強力な武器が使用された事件を担当する。

沼田が言う通り、今回の事案なら、SATの方が適任だ。だがSATが出動して解決すれば、刑事局が摑んだ情報で警備局が手柄を立てることになる。今の状況で刑事局長が、それを黙って許すはずがない。SITを出動させて解決を図るはずだ。情報を警察内部で広げず、一気に出動できるかにかかっている。

本来なら捜査員を現地に派遣して、傭兵の存在を確認するところから始めるのが筋だ。だがそれをすれば情報が内部で広がり傭兵を取り逃がすおそれがある。疑心暗鬼と長官レースが、捜査の手足を縛っている。

「皆さんに相談があります」

来栖が改めて、という感じで言った。

「今までとは全く違う、戦闘のプロが相手です。以前、冴香さんから指摘されたことがあります。相手によって、こちらもそれなりの武装が必要だと」

来栖が足元のアタッシェケースをテーブルの上に置き、蓋を開いた。

現れたのは拳銃だ。一丁ずつ梱包用の緩衝材で包まれている。

来栖が一つを手に取り、緩衝材を取り除いた。いつの間にか手袋をしている。

テーブルの上に一丁を置いた。

シグ・ザウエルＰ２２０セミ・オートマチック。日本の警察が使っているＰ２３０ＪＰとほぼ同じ型だ。自衛隊はこの型を制式拳銃に採用していると聞いたことがある。

「四丁用意しました。実弾は装塡されている七発と、予備の弾倉に入っている七発の計十四発です」

誰も手を伸ばそうとはしない。

「いつか必要な日が来る。そう考えて準備しました。今日、ようやく四丁揃いました」

来栖は、アタッシェケースの中から、黒い手袋を取り出してテーブルに置いた。

しばらく四人が銃を見つめた。

沼田が黙って手袋をはめた。シグを手に取りじっくりと眺める。

「秀和の仕事で、こんなものを持つとは思いもしなかったな」

沼田が言って、滝沢に目を向けてきた。

「この銃なら、使い方は大丈夫だろ」

滝沢は、沼田の問いかけには答えずシグを見つめた。傭兵相手に丸腰で行くことが無謀だというのはわかっている。だがこれを手にしたら、秀和は完全に法律の外に立つことになる。

「俺たちの相手は、傭兵だ」

沼田がシグをテーブルに置いて言った。

滝沢は、大きく息を吐いた。手袋をはめてシグを手に取り緩衝材を外した。手袋越しに冷たい拳銃の感触が伝わってくる。

訓練以外の場で銃を使ったことはない。日本のほとんどの警察官がそうだ。

冴香が手袋をはめて、シグに手を伸ばした。

「ちょっと待て」

沼田が冴香を制した。

「今度の相手は、戦いのプロだ。少しの油断や躊躇いが、命取りになる。大丈夫か」

「どういう意味」

冴香が険しい目を沼田に向けた。

「訊いているのは俺だ」

いつになく厳しい口調だ。

沼田と冴香が睨み合った。

冴香が沼田から目を逸らし、銃を手にした。

「言いたいことは、わかってる。みんなに迷惑はかけない」

冴香が再び沼田と目を合わせて言った。

「冴香、お前は今の自分の状態をどうとらえているんだ」

沼田の口調は冷静だ。冷たい言葉にも聞こえた。

冴香は、シグをテーブルの上に戻すと、わずかの間、目を閉じてじっとしていた。

やがて目を開け、沼田に顔を向けた。

「みんなが感じている通りよ。キングとの一件で、戦う心を握りつぶされた。それは間違いない。でも私は戦わなければならない」

「戦えるのか」

沼田は、あくまでも冷静だ。

その問いには答えず、冴香は立ち上がりライダースジャケットを脱いだ。下は白いTシャツだ。みんなの視線が集まる中、冴香は、いきなりTシャツを脱いだ。

「冴香ねえさん」

声を上げた翔太が、口を開いたまま固まった。

冴香は上半身に下着一枚だけの姿を晒した。

誰も言葉を発しない。

冴香の左の鎖骨から乳房の下までが、ケロイド状の醜い火傷の痕に覆われていた。

「私は、自衛隊にいる時に上官の一人から、自衛隊を辞めて、一緒に行動するよう誘われた。自衛隊とは別の立場でこの国を守るためだと言われた。もちろん断ったわ。自衛隊の仕事に誇りを持っていたから。上官は意外そうな顔をした。私が行動を共にするのは、既定の路線だと思っていたようだった」

翔太が立ち上がり、床に落ちているライダースジャケットを拾って冴香の肩にかけた。

「ありがとう」

冴香は小さく言って、ジャケットに袖を通しチャックを上げた。

「誘いを断ったのは、山中での野営演習の最中だった。翌日から私の近くで火薬が爆発したり、私の乗っている車のブレーキが故障したりといった事故が相次いだわ。はっきりと命の危険を感じて、深夜に隊のオフロードバイクを使って逃げた。そして途中で襲われた。胸の火傷はその時のもの。襲った連中は、私が死んだと思ったはず。それほどの事故だった」

「それが冴香が戦う理由なのか」

沼田が静かに声をかけた。

「その連中の正体を摑み、何が起きたのかはっきりさせる。そして復讐する。それが私の戦い。あくまでも私個人の戦いだから秀和に迷惑はかけない。今、秀和での戦いの場から逃げたら、私は一生戦えなくなる。醜い火傷の痕を抱えて、みじめに暮らすしかなくなる。そんなことには耐えられない」

冴香が一気に言って、ソファーに腰を下ろした。

「部屋で一人になって、改めてこの火傷の痕を見つめた。そして出したのが今の結論よ」

しばらく誰も口を開かなかった。

「わかった。傭兵との戦いには復帰してもらう。俺と滝は翔太の車で行く。冴香は、万が一に備えて所長と行動をともにしてもらう」

「ちょっと待って」

冴香が声を上げた。

「今回の指揮は俺が取る。言うことが聞けないのなら、要員からはずす」

沼田は、きっぱりと言った。

冴香は、唇を引き結んで沼田を見つめている。

「秀和の存在は相手に知られている。排除するつもりになれば、まず頭からだ。所長を一人にするのは避けたい」

沼田と冴香が睨み合う形になった。

「わかったわ」

しばらくして冴香が言った。

「ただし、状況によって、私が単独で動く必要があるかもしれない。その時の行動の基準を決めておいてほしい。できれば私の裁量で動けるように、許可をもらっておきたい」

自衛隊に身を置いていた冴香らしい考え方だ。

沼田がわずかの間、冴香を見つめ頷いた。

「緊急時の行動は冴香の判断に任せる。全体状況をしっかり把握したうえで、所長の安全を確保する。それが条件だ」

沼田の言葉に、冴香は黙って頷き再びシグを手にした。

アタッシェケースに残った銃は一丁だ。

滝沢は、翔太の顔を見た。

「僕はやめておいた方がよさそうだ」

「オートマチックは、使ったことがないか」

「使い方は習っているけど、慣れない銃を持つのは、かえって危険だよ」

沼田がアタッシェケースからシグと手袋を取り出した。

「お前を現場に立たせるつもりはない。離脱用の車で待機だ。だが護身用で持っておけ。いざという時は、これを使って一人で逃げるんだ。躊躇うなよ」

沼田が静かに言った。

「わかった。みんなの足手まといにならないようにするよ」

翔太が言った。銃は手にしなかった。

沼田が銃をアタッシェケースに戻して、手袋をはずした。

滝沢たちもそれに倣った。

滝沢は、右手をきつく握りしめた。銃を持った時の感触が残っていた。

39

翌日、午後一時を回ったが、佐々倉からの連絡は、来ない。やはり刑事局と刑事部の、それも一部の人間だけで態勢を作るのは難しいのか。そんなことを考えていると胸のポケットでスマホが震えた。情報屋の角田からだった。急いで会いたいと言ってきた。

滝沢は事務所の近くにある喫茶店を指定し、事務所を出た。

喫茶店に入ると、一番奥の席で角田が軽く手を挙げた。

滝沢が席に着くと、角田が緊張した表情で身体を少し乗り出した。

「大友が動き始めました」

周囲のテーブルに客はいないが、角田は小声で言った。

「どういうことだ」

「新宿の爆発が傭兵と紅蓮の仕事ってことと、そいつらが潜伏している場所の情報を摑んだようなんです。チャカを用意していつでも飛び出せる状態です」

角田には、傭兵の所在が確認できたことだけ伝え、しばらく動きを抑えるように言ってあった。潜伏場所がどこかは教えていない。

「すぐにでも行きたいんでしょうが、今あいつがいる薬師会の会長に筋を通さなければならない。連れて行くのも、津賀沼会から一緒に薬師会に移った弟分一人だけだと思います」

滝沢は、はっとして訊いた。

「遠野はどうしているんだ」

「大友も堅気になった遠野を巻き込むつもりはないでしょう。ただ遠野の方は、大友に何度も接触してるんで、気にはなりますがね」

「わかった。貴重な情報だ。今は持ち合わせがないが、すぐに用意する」

「滝さん、本当に伝えたい情報はこの先なんだ」

角田の目がきつくなった。

「秀和は、来栖とサッチョウの佐々倉のラインですよね」

以前、二人で話した時に来栖の名前は出たが、佐々倉の名前は出なかった。知っていてあえて口にしなかったのだろう。

「佐々倉に傭兵の潜伏場所がどこか報告してありますか」

「どういう意味だ」

「この件は、滝沢さんが手にした情報だ。俺がとやかく言う筋合いじゃないのは、わかっています。でもこれだけは本当のことを教えてください」

「昨日の夜、伝えた」

「そうですか」

角田が滝沢から目を逸らし、しばらくの間、手元のコーヒーカップを見つめながらじっとしていた。やがて顔を上げて滝沢を見つめた。

「これは裏が取れていない話です。だが必然的に行き着く結論ってやつです。そのつもりで聞いてください」

「わかった。話してくれ」

「私の仲間に、大友の動きを見張らせていたんです。大友は、今日の午前中、私と同業の男と会っています。そこから動きが急になりました」

その男から情報を得たということか。

「どうしても気になったんで、そいつに直当《じか》たりしたんです。少しばかり脅しもかけました。さすがに傭兵という言葉は出てきませんでした。でも大友に、捜している連中の居場所を教えたことは吐きました」

「その男が、独自のルートで、傭兵の存在と潜伏場所の情報を手に入れたということか」

「同業と言っても、私の表の肩書と同じフリージャーナリストってやつです。大学卒業後に大手の新聞社で記者をしていたんですが、不祥事を起こして辞めたってことです。こう言っちゃなんだが、こいつに傭兵のネタが取れるはずがない。これは断言できます」

角田が言葉を切って、身体を乗り出してきた。

「そいつは記者時代から、佐々倉と懇意にしていたんですよ。佐々倉からつまらない情報をもらう代わりに、いいように使われていた。佐々倉のイヌと言っていい男です」

その男が大友と会って、そこから大友が動き出した。

「佐々倉が、そいつを使って大友に傭兵の潜伏場所を教えたってことになります」

警察は大友と津賀沼の関係を知っている。大友が復讐を考えていることも把握しているはずだ。

「佐々倉が大友に情報を流す理由がわからない」

「それは、私にもわかりません。でもこれだけは言える。佐々倉は、傭兵の潜伏場所でドンパチが始まるように仕掛けたってことですよ」

滝沢は、目の前のコーヒーカップに手を伸ばした。

佐々倉が秀和に手の内を全て明かすはずがない。それはわかっている。だが角田の話が事実だったとしても、その意図がわからない。

40

正面に見える山並みに日が沈み、辺りは闇に包まれている。少し前まで出ていた月が、雲に隠れて闇をいっそう濃くした。

滝沢は、沼田と一緒に、翔太の運転する車で八王子に来ていた。

夕方になり、佐々倉から来栖に、態勢が整ったので傭兵の所在を確認するように連絡があった。大友の件は尋ねても無駄なので、佐々倉に当てることはせず八王子に向かった。

食品加工の廃工場に続く山道の入り口に近い、木立の間のスペースに車を入れた。ライトを消していれば、見つかることはなさそうだ。ただ暗闇から突然襲われる危険は常にある。

廃工場までは、山林の中に緩やかな坂が続いている。およそ一・五キロというところだ。

大友たちが来るとしたら、この道を通る以外のルートはない。

大友が動けば、工場で傭兵との戦闘になる。ヤクザ二人と武装しているであろう傭兵。しかも地の利は傭兵にある。結果は見えている。傭兵は大友たちを殺して姿を消すはずだ。

唯一、望みがあるとすれば、大友が所属している薬師会の会長が、大友を止めることだ。

「特に状況に変化はないそうだ。所長と冴香は事務所にいる」

沼田が言って、スマホをポケットにしまった。

「行こう」

沼田が車を降りた。滝沢も続いた。事務所を出る時から三人とも黒の手袋をしている。

「翔太、ドアはロックして、いつでも発進できるようにしておけ。突然、何が起きるかわからない。その時は思いっきりアクセルを踏んで、とにかくここを離れるんだ。発砲も躊躇うな。いいな」

沼田が窓越しに声をかけた。

「二人を乗せて帰るのが、僕の仕事だよ」

翔太が沼田とは顔を合わさずに言った。

沼田が何も言わず頷き歩き出した。

沼田の後ろについて、暗い山林の中を進んだ。風が強くなってきたようだ。頭上の枝葉が擦れ合う音が激しくなった。

二十分ほど歩いて、廃工場が見える位置に着いた。日が落ちて急激に気温が下がっているが、坂道を歩いてきたので身体は火照っている。

廃工場は道路の左側に広がっていた。

滝沢と沼田は、工場の手前で山林の奥に入った。小高くなった場所で腰を下ろした。廃工場を見下ろす位置になる。

風で雲が流されたようだ。月が出て辺りを照らしている。

建物は、平屋だが思ったより大きかった。景気がいい時はここで大量生産の体制を取っていたのだろう。広い敷地を確保するにはうってつけの場所だ。

敷地の入り口と、建物に沿った二ヶ所に柱が立ててあり、明かりが点いている。電気は来ているようだ。工場の中に明かりは見えない。

しばらく様子を見ていると、麓《ふもと》の方からエンジン音が聞こえてきた。すぐに一台の車が工場の敷地に入ってきた。入り口に近い明かりの下で車は止まった。後部座席から男が降りた。ダークスーツを着て、髪を短く刈り込んでいる。

「ランだ」

滝沢の言葉に沼田が頷いた。ラブホテルで、一度、姿を見ている。

運転席と助手席から男たちが降りてきた。一人は黒の革ジャン、もう一人は刺繍《ししゅう》の入ったスカジャンを着ている。トランクから段ボール箱を出し、一つずつ抱えてランの後に続いて建物に入って行った。

このままの状態で、傭兵が姿を現してくれるのが一番ありがたい。傭兵の姿さえ確認できれば、警察を動かせる。できることなら、傭兵や紅蓮の前に姿を晒さずにいたい。

「傭兵の所在確認にかかるか」

沼田が小声で言って、腰を上げた。

滝沢は、腰のポケットに入れたシグ・ザウエルを握った。いくらかでも落ち着くかと思ったが、逆に粟立つような緊張が全身に広がっていった。

斜面を下りかけた時、道路側から再びエンジン音が響いてきた。

工場の敷地に黒い大型ジープが飛び込んできた。スピードを落とさず、駐まっているランの車の脇をすり抜けて建物に向かった。激しい音が響き、建物の壁が揺れた。

ジープが建物の入り口に突っ込んでいた。

わずかの間を置いて、ゆっくりバックしたジープはランの車に尻をぶつけて止まった。

滝沢と沼田は再び腰を落とし、近くの木の陰に身体を隠した。

ジープの後ろのドアが開き男が降り立った。

大友だ。右脇に銃を抱えている。ショットガンだ。

大友に続いて助手席から男が降りてきた。二人はジープを盾にする位置に立った。

滝沢は思わず身体を乗り出した。

「遠野……」

助手席から降りたのは遠野だった。滝沢がつぶやくのと同時に、大友の持つショットガンが建物に向けて炸裂した。激しい音とともに入り口のガラスが砕け散った。

「無茶なことしやがる」

沼田が木の陰に身を隠しながら言った。

建物の中からは反応がない。それも不気味だ。

ジープが壊れた建物の入り口に向かって進んだ。大友と遠野は車体の陰に隠れる位置にいる。

ジープはスピードを上げて建物に突進した。激しい音と同時にフロントガラスの辺りまで車体を突っ込んで止まった。ゆっくりとバックし、もう一度、建物に突っ込んでいった。入り口の周囲を壊してジープがゆっくり工場の中に入っていった。大友と遠野はジープの陰に隠れて一緒に動いている。

「後ろだ」

沼田の鋭い声がした。

反射的にヘッドスライディングするように前に飛んだ。首筋に冷たい風を感じた。

地面を転がり、その勢いで身体を起こし振り返った。人の姿は見えない。

脇で沼田がシグを構えて、四方に目をやっている。

「黒ずくめの男が後ろからナイフで襲ってきた。牙だ」

沼田が木を盾にして言った。

滝沢は、木に身体を寄せ、ポケットからシグを取り出した。林の奥に向けて構えた。

牙がこの闇の中にいる。神経を集中する。動きはない。時間が止まったような感覚に包まれた。自分の鼓動が聞こえてくる。

沼田が声をかけてくれなかったら。あるいはその声で振り向いていたら。今頃、首から血を流してここに倒れている。

油断だった。傭兵が建物の中にいると思い込んでいた。都合のいい思い込みほど危険なことはない。奥歯を嚙みしめた。

牙の姿は見えない。暗闇のどこかから銃口を向けているのか。それとも得意のナイフを握って薄ら笑いを浮かべているのか。

静かな闇がのしかかってくる。経験したことのない恐怖が腹の底から身体中に広がっていく。

「動くぞ」

沼田が走り出した。

木から木へ。だが自分が木に隠れているのか無防備に身体を晒しているのかわからない。

左の闇で枯葉を踏む音がした。素早くシグを向ける。違う。考える前に身をひるがえした。月明かりを受けたナイフが身体をかすめた。攻撃は音とは反対の方向からだった。目の前に身体を低くした牙がいた。目が合った。牙の顔に冷たい笑みが浮かんだ。シグを構える前に牙は暗闇に飛び込んだ。

追うように銃声が響いた。沼田だ。腰を落として両手でシグを構えている。すでに牙の姿は闇の向こうに消えている。

牙は銃を持っていないのか。

ナイフの使い手、快楽殺人者。この状況で笑みを浮かべていた。

「当たっている。右の肩だ」

沼田がシグを構えたまま言った。

滝沢は、牙が飛び込んだ方向の暗闇に神経を集中した。

一人が、ここで見張っていたのか。それとも傭兵は三人とも、この闇の中にいるのか。

建物の中から銃声がした。ぐずぐずしてはいられない。

「行こう」

沼田が声をかけてきた。

建物に向かえば、無防備に暗闇に背中を向けることになる。滝沢は、見えないとわかっていながら林の奥に目を走らせた。

「斜面を下りて建物の裏に回る」

沼田が小声で言って走り出した。

後ろに続き、建物の裏に駆け込んだ。林の中からの動きはなかった。

建物に沿って並べられたドラム缶の脇に身を隠した。

少なくとも、傭兵の一人はいた。だが銃弾を受けて、逃げたかもしれない。工場の中に残りの傭兵がいなければ、佐々倉が警察を出動させても、空振りになってしまう。工場内にいることを確認したうえで足止めしなければならない。大友たちがやられる前に合流するしか手はなさそうだ。

少し先に、裏口らしい小さなドアがある。位置的には、その先に大友たちがいるはずだ。いきなり開ければ、大友のショットガンで蜂の巣にされるのは目に見えている。

「俺が中に入って傭兵が確認できたら伝えます。沼田さんの存在は隠していたいので、合図でいきましょう。ライフル。そう叫んだら傭兵確認と判断してください」

「わかった。俺は状況を見ながら中に入って援護する。無理はするなよ」

沼田の言葉に頷き、ゆっくりドアに近づいた。ノブを掴み少しだけ開いた。

身体をドアからずらして、大きく息を吸った。

「大友、撃つな。俺だ、滝――」

激しい銃声と同時にドアの上半分が吹っ飛んだ。

「滝沢だ。撃つな」

二発目が来る前に声を出した。

「大友、わかるか、秀和の滝沢だ」

「両手を上げて顔を見せろ」

しばらく間を置いて大友の声がした。

「撃つなよ」

シグをポケットにしまい、両手を上げて身体を晒した。

ジープは三メートルほど先に、こちらを向いて止まっている。その脇で大友が片膝立ちでショットガンを構えていた。銃口が正面から滝沢の顔を捉えている。大友が引き金を引けば、その瞬間に全てが終わる。銃を向けられることが、これほどの恐怖を引き起こすことを初めて実感した。

「一人か」

「そうだ、俺一人だ」

「入ってこい」

大友がショットガンを向けたまま言った。

滝沢は、大きく息を吐いた。両手を上げたまま、身体を低くして建物の中に飛び込み、ジープの陰に身を隠した。

「何しに来やがった」

大友がショットガンを滝沢の胸に突き付けた。

レミントンM870。警察ではSITやSATが装備している銃だ。内蔵マガジン式で、六発から七発の連射ができる。

「すぐにここを離れろ。もうじき警察が押し寄せてくるぞ」

「秀和はサツの手先だったな」

滝沢は、その言葉を無視して大友の肩越しに目をやった。新宿で大友と一緒にいた大柄な男の一人が、こちらに血走った目を向けている。遠野はその向こうでジープに背中を預けている。右手には拳銃を握っている。

「なぜ遠野を連れてきた。堅気の手を借りなきゃ、オヤジの仇が討てないのか」

滝沢の言葉に大友の顔が一瞬歪んだ。

「お前には関係ない」

大友は、滝沢の胸からショットガンをはずし、吐き捨てるように言った。

「滝沢さんでしたよね」

遠野が声をかけてきた。

「邪魔をしに来たのなら、俺が相手をしますよ」

大友の連れの大柄な男より落ち着いているように見える。

「馬鹿なことを考えるな、お前には――」

遠野の銃口が滝沢に向いた。口を閉じるしかなかった。

「やめろ」

大友が言うと、遠野は銃を下ろした。

これ以上、何を言っても無駄だ。下手をすると遠野は本当に滝沢に向かって引き金を引く。そういう目をしている。

滝沢は、遠野から目を逸らすと、身体を低くして、ジープのボディ越しに建物の中を見回した。建物の中も外も照明は全て消えている。右側の壁には、上の方に明かり取りの窓が並んでいる。そこから入る月明かりだけが頼りだ。

ジープが突っ込んできた入り口からここまでが二十メートル、奥の壁までは三十メートルほどある。

奥からこちらに向かって、幅が一メートル弱のレーンが五台並んでいる。製品のチェックか最終工程を、流れ作業でやっていたのだろう。高さは大人の腰の辺りだ。

左の壁際に高さが二メートルほどの機械が三台、五十センチくらいの間隔を置いて並んでいる。レーンの制御盤のようだ。

一番奥の壁は、製品の搬出用らしい大きなシャッターが閉まったままになっている。シャッターの右半分は、山積みされた段ボール箱で塞がれている。左端には、スチール製のデスクが二つ重ねて置いてあり、隣にはやはりスチール製の棚が並んでいる。

「出入口はこっちの二つだけだ。野郎たちは袋のネズミだ」

大友が唇の端を持ち上げた。

袋のネズミなのはどっちだ。相手は戦いのプロだ。ジープが突っ込んでくるまでの間、じっとしていたとは思えない。

滝沢は、ポケットからシグを取り出して握った。

「大友、傭兵は三人。そのうち一人はけがをして、まだ外にいるはずだ。他に、紅蓮のランとチンピラが二人。相手は最低でもそれだけいる」

「外のドンパチはお前だったのか。ちょうどいい。まとめてやってやる」

大友は、ジープのボディを叩いた。

「いくぞ」

大友が声を上げるのと同時に、中央付近のレーンの陰から、ソフトボールのような球が弧を描いて飛んできた。

球はジープの鼻面をかすめて、滝沢の三メートルほど先で止まった。

「乗れ」

滝沢は怒鳴りながらジープのドアを開けて飛び込んだ。大友が身体をぶつけるようにして後に続いた。後ろのシートに遠野ともう一人の男が折り重なるようになった。次の瞬間、破裂音と同時に、ジープの窓ガラスが砕け散りボディが激しい金属音を立てた。

ジープの中にも無数の金属片が飛び込んできた。天井に当たった金属片が頭の上に落ちてきた。滝沢は頭を下げたまま、ジープの中に散乱した金属片を手に取った。一センチ四方くらいのアルミ片だ。破裂と同時に飛び散り、周囲にいる人間を殺傷する爆弾だ。傭兵の手製だろう。次のテロのために準備していたのか。

大友と後ろの二人は、完全に車の中に身体を入れられなかったが、開いたままのドアが盾になってけがは免れたようだ。

こんなものを車の中に放り込まれたら、おしまいだ。

大友と後ろの二人が車を降り、滝沢も続いた。

「派手なことやってくれるな。黒崎《くろさき》、動かせ」

大友が声をかけた。

黒崎と呼ばれた男が、滝沢を押しのけて、助手席からジープに乗り込み、運転席に移った。ドアは開けたままだ。

「頭を下げろ」

黒崎に向かって怒鳴った。

黒崎が、はっとしたように身体を丸めるのと同時に、運転席の右側のガラスが砕け銃弾が突き抜けていった。暗がりの中で正確な射撃だ。暗視装置を持っているのだろう。

黒崎は背中を丸めてじっとしている。ハンドルを握った手は微かに震えている。当然だ。覚悟を決めてきたといっても、銃弾の飛び交う中で戦った経験など誰にもない。

「黒崎、しっかりしろ」

大友が怒鳴った。

黒崎の身体がピクリと動いた。手の震えは止まったが、目を見開いたまま、何度も大きく息をしている。

ジープがゆっくりと前に進みだした。

滝沢たち三人は、ジープの陰に隠れながら進み、左の壁際に並んだ機械の裏に入った。壁との間に一メートルくらいの間隔がある。床には、何本もコードが這っている。

ジープがバックして、元の位置に戻ってから切り返しをして、レーンの方に正面を向けて止まった。滝沢たちからは三メートルほど離れている。

ジープのヘッドライトが点いた。一つは、さっきの破裂弾で破壊されたのだろう。点いたのは一つだけだった。それでも中央のレーンが闇に浮かびあがった。金属が放つ反射光で、そこだけ昼間のような明るさになった。光は工場の奥まで届いている。傭兵の姿は見えないが、動けば姿は捉えられそうだ。

レーンの奥から黒い影が二つ、右に飛んで明かりの外に出た。

大友のショットガンが炸裂した。激しい銃声と同時に無数の金属音が響き渡った。

「撃つな。撃たないでくれ」

ジープが侵入した入り口に近いレーンの陰から、悲鳴のような声が上がった。

大友がショットガンを向けた。

「やめろ」

滝沢は、咄嗟に大友の肩を摑んだ。

「あいつらはランが連れてきたチンピラだ。放っておけ」

「甘いこと言ってんじゃねえぞ」

大友がショットガンを滝沢に向けてきた。

隣で片膝立ちになっている遠野が声の方向に銃を撃った。弾は入り口近くの壁に当たった。

二人の男が、悲鳴を上げながら外に飛び出して行った。

大友が舌打ちをしてショットガンを握り直した。

暗闇から銃声が響き、ジープのヘッドライトが弾けた。工場の中は再び闇に包まれた。一瞬だが、ライフルを持った男の姿が見えた。傭兵の一人、長身の男、トカゲだ。

「ライフルだ」

滝沢は大声で言った。

大友が、いまさら何を、という顔を向けてきた。

「黒崎、例のやついけ」

大友が滝沢から顔を逸らしてジープに向かって声をかけた。

少しの間を置いて、ジープの中で小さな炎が見えた。

黒崎が頭を下げたまま素早く窓から腕を出して炎を放り投げた。

弧を描いた炎は、真ん中のレーンの右側に落ちた。ガラスの割れる音と同時にコンクリート敷きの床から炎が上がった。

火炎瓶だ。

暗闇の中に上がる炎で、周辺が夕暮れの色になった。

「これであぶり出して仕留めてやる」

大友が不敵な笑みを浮かべた。

ジープの中から二本目の炎が飛んだ。今度は、真ん中のレーンの左側で炎が上がった。

一本目よりは遠くに飛んだが、傭兵がいる位置までは光が届かない。手前が明るくなった分、奥は闇が濃くなったように見える。

黒崎がジープのドアを開いた。両手に数本の火炎瓶を抱えてドアに隠れるようにしながら小走りでジープの後ろに回った。火炎瓶を床に置いて、いったん辺りを見回した。一本を手に取り、瓶の口に差した布に火を点けた。数歩、後ろに下がった。その位置で大きく振りかぶると、前に走って勢いをつけ、ジープ越しに思い切り火炎瓶を放った。

炎が大きな弧を描いた。右側の奥に積み上げられた段ボール箱の山の手前に落ちた。ガラスが割れる音に続いて炎が上がり、瞬く間に段ボール箱に燃え移った。

スチールデスクの後ろで黒い影が左に動いた。

大友のショットガンが火を噴いた。影には当たらなかったが、火炎瓶の効果はあった。トカゲが身を隠せる場所は、かなり狭くなった。

黒崎が、次の火炎瓶を手にして後ろにさがった。

「大友、やめさせろ。破裂弾で狙われたら逃げ場がないぞ」

大友がはっとした顔になった。

「黒崎、車に乗ってこっちに来い」

大友が怒鳴った。

黒崎がいったん大友に顔を向け、すぐに目を逸らすと、新しい火炎瓶の口に火を点けた。

「馬鹿野郎、早く戻れ」

大友が怒鳴るのと同時に、何かが飛んできた。丸い球が床に落ちて転がり、黒崎の三メートルほど向こうで止まった。

気付いた黒崎が、火のついた火炎瓶をその場に置いて、こちらに向かってダッシュした。

ジープの陰から身体が出た瞬間、銃声が響き、黒崎の身体が弾かれたように宙に浮き、そのまま真横に倒れた。流れ出た血が床に広がっていく。

「黒崎」

大友が叫んで飛び出そうとするのを、滝沢は後ろから、しがみついて止めた。

「落ち着け」

滝沢は、耳元で叫び、大友と遠野の身体を機械の裏に引っ張り込み頭を下げた。

しばらくじっとしていたが、破裂音はしない。ゆっくりと機械の端から顔を出した。

破裂弾は、黒崎が落とした火炎瓶の炎の向こうで止まったままだ。

やられた。黒崎が破裂弾だと思っていたのは、ボール紙を丸めたようなものだった。破裂弾の威力は見せつけられている。それを利用された。

一人が破裂弾に似せた球を投げる。逃げる場所は一ヶ所しかない。飛び出してくるのを待っていたトカゲが、狙い通り黒崎を射殺した。

トラップだと気付き、冷静に対処したとしても、傭兵の側には何のマイナスもない。弄《もてあそ》ばれている。やはり傭兵の方が一枚も二枚も上手だ。滝沢は、歯を食いしばりながら、機械の隙間から奥に目を向けた。段ボール箱の山が焼け崩れ、火の粉が舞い上がった。人影は見えない。

41

「どうして動けないのですか」

来栖がスマホを耳に当てて、苛立った声を上げた。相手は佐々倉だ。

冴香は、焦る気持ちを抑えながら来栖を見つめていた。

十分ほど前に、沼田から廃工場に傭兵がいることを確認したと連絡があり、来栖はすぐに佐々倉に伝えた。今は、その後の状況を確認するための電話だ。

来栖がスマホをデスクに置いて立ち上がった。そのままじっとしている。

「来栖さん、警察は動かないの」

冴香は、来栖のデスクに歩み寄って声をかけた。

工場の状況は沼田から聞いている。傭兵相手に正面からぶつかっても、滝沢たちに勝ち目はない。自分の身を守りながら、警察の到着を待つしかない。だが大友は傭兵を殺すために工場に行ったのだ。滝沢たちは、嫌でもそれに巻き込まれる。

「ＳＩＴを出動させることになっています。だが直前になって、警備部が察知し、横槍を入れてきたということです」

「それを前提に話を進めていたんじゃないの」

冴香は、一歩前に出て、来栖のデスクに両手を突いた。

来栖が黙ったまま拳を握りしめた。

「来栖さん。あなたは佐々倉を信じた。そして滝さんたちは、あなたを信じた。だから廃工場に行った。そういうことよね」

冴香の言葉に、来栖は顔を歪めた。すぐに立ち上がり、椅子に掛けてあった上着を着た。

「本庁に行ってきます」

「行っても会えないでしょ」

「ここでじっとしているよりはましです。会う手立ては考えます」

「行かせるわけにはいかない」

冴香は、来栖の前に立った。

「外に出たら、来栖さんを守れない。本当に狙われていたら、やり方はいくらでもあるわ」

「仲間を見殺しにすることは、できません」

来栖が一歩前に出ようとした。

冴香は、その肩を押さえた。

わずかの間、睨み合った。

来栖は、あきらめたように頷き、自分のデスクに戻った。

自分の戦いのため。みんなには、そう説明した。今はそれだけではなくなっている。

秀和は全員が仲間だ。

子供の頃から仲間などいなかった。秀和に加わった時もそうだ。仕事以外で口をきく気もなかった。それがいつしか、滝さん、翔太、冴香、そんな呼び方が自然になった。沼田の存在も大きい。

キングから名指しされた冴香を守るために、命を賭けてくれた。その仲間たちが戦っている。戦う意味は一つではない。仲間のため。今はその気持ちをはっきりと感じられる。

「来栖さん。秀和の仲間として聞いて」

来栖が顔を上げた。

「ブラインドカーテンは閉めたまま、決して窓に近寄らないで。インターホンが鳴っても、誰かが訪ねてきても、すべて無視して。たとえ佐々倉が来てもよ」

「どういうことですか」

「八王子に行く」

来栖が驚いたような目を向けてきた。

「ここを出ないと約束してくれたら、私は仲間の所に行ける。来栖さんの安全が確保できれば、私の判断で動くことができる」

来栖が黙って見つめてくる。わずかの間だった。冴香から目を逸らした来栖が、デスクの下からアタッシェケースを取り出した。

「持って行ってください」

ケースを開けた。

冴香は頷き、手袋をしてシグ・ザウエルを摑んだ。

「約束します。私は、ここから繰り返し佐々倉氏に連絡を取ります。ありとあらゆる方法を考えます」

来栖が落ち着いた声で言った。

「冴香さんも約束してください。必ず四人で帰ってくると」

「わかったわ」

シグをライダースジャケットの内ポケットにしまった。

周囲を警戒しながら部屋を出て一階に下りた。駐車場に入り、ドゥカティに跨った。キックペダルを強く踏み込んだ。エンジン音と振動が心を鎮めてくれる。

廃工場の場所は頭に入っている。首都高速から中央道。飛ばせば三十分もかからずに着く自信がある。途中で警察の制止を受けたら、そのまま突っ走ればいい。廃工場までパトカーを引き連れて行ってやる。

仲間が戦っている。それだけを考えスロットルを開いた。

42

「サツが来るまで、あとどれくらいある」

大友が前を見たまま言った。視線の先には、黒崎が倒れている。

計画通りなら、そう時間はかからずにSITが到着するはずだ。

「もう間もなくのはずだ。ここを出るなら今しかないぞ」

滝沢が答えると、大友は鼻で笑った。落ち着きは取り戻しているようだ。それでも滝沢が摑んでいる大友の腕は、怒りで震えている。

突然、ショットガンの銃床が腹にめり込んできた。息が詰まり床に膝をついた。

「おとなしく見ていろ」

大友が機械の端から、素早くショットガンを出して、奥に向かって引き金を引いた。銃声と同時にジープに向かって飛び出した。遠野がぴたりと後に続き、二人はジープの後ろに飛び込んだ。身体を低くしてジープの横に回ってドアを開けた。いつでも飛び込めるようにしてからボディの後ろに戻った。

遠野が床に置いてある火炎瓶を手にした。火を点けると、少し後ろに下がってから、勢いをつけて工場の奥に向けて放った。

左端のレーンの先の方で炎が上がった。右側の段ボール箱の山はまだ燃えている。黒い影が飛び出してレーンの間に消えた。ライフルを持っていた。トカゲをあぶり出した。破裂弾を投げたのがダルマだとすると、ランの姿だけがまだ見えない。

大友と遠野がジープの後ろを飛び出し、一番右側のレーンの裏に身体を滑り込ませた。

傭兵からの反撃はない。工場の中は再び静寂に包まれた。

破裂弾を使うダルマは、こちらの状況を見ながら、絶えず移動しているだろう。トカゲは、こちらから二本目のレーンの手前辺りにいるはずだ。

大友たちがどう動くつもりかわからない。傭兵相手に突っ込んでいっても勝ち目はない。とにかく時間を稼ぐ。今はそれしかない。

右端のレーンの方向から銃声が三発続けて聞こえた。ショットガンではない。遠野か、それとも傭兵か。姿は見えない。

滝沢は、トカゲが潜んでいる辺りに向けてシグを一発撃つと同時に飛び出した。開いている助手席側のドアからジープの中に転がり込んだ。

頭をフロントガラスより低くして、運転席に移った。エンジンはかかったままだ。クラッチとブレーキ、ギアの位置を確認した。窮屈な体勢だが、何とか運転できる。

ゆっくりスタートし、ハンドルを右に切って大友たちがいるレーンの端まで進んだ。

「二人とも、乗れ」

すぐに運転席の後ろのドアから二人が飛び込んできた。

「大友、もう無理だ。警察が来る前に、ここを離れろ」

返事がない。振り向いて大友を見た。呆然とした表情で、前を見つめている。

「大友、どうした」

滝沢の声で、はっとしたように大友が顔を上げた。

「こいつを連れて逃げてくれ」

「大友さん、何を」

「うるせえ」

大友が遠野を黙らせた。

視界の隅で影が動いた。ガラスの壊れた窓に向かって破裂弾が飛んできた。必死でアクセルを踏んだ。ジープが跳ねるようにスタートした。直後に後ろで破裂音がしてボディが揺れた。無数の金属音が重なった。

目の前に、炎を上げている段ボール箱の山が迫ってきた。慌ててブレーキを踏んだ。同時にエンジンが止まった。ギアをニュートラルにしてキーを回した。空回りの音がするだけだ。ダルマはまだ近くにいるはずだ。ジープの中に破裂弾を投げ込まれたら三人ともズタズタになる。外に出ても同じことだが、ジープの中でじっとしているよりはいい。

「外に出ろ」

大友に声をかけるのと同時に背筋が凍りついた。ダルマだ。手には破裂弾を持っている。向こうに男の上半身が現れた。ダルマだ。手には破裂弾を持っている。来来る。そう思った時に銃声が響いた。ダルマが弾かれたように身体を回転させてレーンの
何度も大きく息をした。ダルマを撃ったのは沼田だ。ダルマは、沼田の存在を知らなかったので一瞬だが身体を晒した。確実にジープの中に投げ込もうとしたのだろう。助かった。胸が波打つほどに鼓動が激しくなっている。

奥でした銃声はライフルの音だった。存在を知られた沼田が狙われた。沼田からの反撃の音はなかった。やられたのか。焦ったが、確かめる術《すべ》はない。

「誰と誰がやりあってるんだ」

大友が顔を向けてきた。

「俺の仲間が一人いる。そいつに助けられた」

滝沢の言葉を聞いて、大友が舌打ちをして、工場の奥に目を向けた。

「時間がねえんだよな。奴らをサツに渡すわけにはいかねえ」

大友がつぶやき、ジープを飛び出して前に回った。遠野が後に続いた。

「待て、戻ってこい」

ダルマは被弾したが致命傷ではない可能性がある。だとすればレーンの陰で攻撃のチャンスを待っているはずだ。当然、銃も持っている。

滝沢が外に出ようとした時、レーンの向こうから、山なりに破裂弾が飛んできた。大友が遠野に飛びついた。滝沢は咄嗟に頭を下げた。破裂音と同時に、ジープの中にも金属片が飛び込んできた。

息を整えて顔を上げた。目の前で大友と遠野が倒れている。

滝沢はジープを降りると、素早く二人に近づいた。遠野の上に大友が覆いかぶさって倒れている。大友は腕で頭をカバーしているが、その腕から足までいくつもの金属片が突き刺さっている。

「大友さん」

遠野が大友の身体の下から叫び声をあげた。

滝沢は大友をジープの後ろに引きずり込んだ。遠野が床を這いながらついてきた。足にかなりの数の金属片が刺さっている。

大友がうめき声を上げた。左半身が血だらけだ。

「滝沢、こいつを連れて逃げてくれ」

大友が苦しそうに息を吐きながら言った。

「何言ってるんですか。俺は……」

「あいつらをやっつけても、まだ面倒なのが残っているんだ。勝ち目はねえよ。逃げろ」

ランのことか。大友がランをそこまで警戒するとは思えない。

「いたんだよ」

大友が痛みに耐えながら絞り出すように言った。

「Zだ。間違いねえ」

角田が都市伝説と言っていた始末屋だ。なぜその男がここに。

「俺は、一度だけ見たことがある。うちの会長が、ある組長と軽井沢の別荘に行った時だ。あっと言う間にボディガード二人が倒され、気が付いたら、その組長も殺されていた。近くにいながら、何もできなかった。黒ずくめのあの姿。身体から出てくる不気味なオーラ。一度見たら絶対忘れねえ」

大友は、言葉を切り、苦しそうに顔を歪めた。

「ジープに乗る前だ。外からじっとこっちを見ていやがった。奴がいるなら、バズーカ砲くらいは用意しねえと、勝ち目はなかったな」

大友は、大きく息を吐くと身体を起こした。ショットガンは持っていない。遠野が持ってる拳銃を奪い取った。

「動くんじゃない」

滝沢が肩を摑むと、大友は真っ直ぐに拳銃を向けてきた。

「じゃましないでくれ。せめて一人でもな。でなきゃオヤジに顔向けできねえ」

うっすらと笑みを浮かべている。この身体で何ができるというのだ。そう思ったが、大友は滝沢を撃ってでも動くだろう。肩を掴んでいた手を離した。

「爆弾野郎は、まだレーンの向こうにいるはずだ」

大友がジープの後ろから飛びだすと、いったんレーンに背中を預け、大きく息をついた。わずかに腰を浮かすと、そのままレーンの上を転がるようにして、向こう側に落ちた。同時に銃声が響いた。二発、三発。

撃ったのは大友かダルマか。滝沢はジープに身を寄せたまま息をひそめていた。

倉庫の中は重い静寂に包まれた。人が動く気配はない。

滝沢はシグを握り、身体を低くしてレーンの端まで移動した。慎重に顔だけを動かしてレーンの向こうの通路を見た。

大友が仰向けに倒れている。その向こうには、ダルマが大きな身体を横たわらせている。二人とも息をしていないのは、ここからでもわかった。身体を低くしながら大友に近寄った。

大友は胸から大量の血を流していた。ダルマを仕留めたが同時に銃撃を受けたのだろう。

大友の目は何かを睨むように開いたままだ。

怒りと同時に恐怖が腹の底から湧き上がり、身体中に広がっていった。指先がしびれるような感覚だ。次は自分かもしれない。ＳＩＴでもＳＡＴでもかまわない。警察はまだなのか。滝沢は、頭を振りシグを握り直した。

微かな気配を感じて顔を上げた。

レーンの脇から身体を低くしたトカゲが現れた。ライフルの銃口が真っ直ぐ滝沢に向いた。考える前に跳んだ。ライフルの射撃音が追ってきた。滝沢は、頭からレーンを飛び越えた。床で一回転して膝立ちの姿勢でトカゲのいる方に向けて銃口を構えた。レーンの陰から身体を現したトカゲが左に跳んだ。その身体を追って一発撃った。シグを向けたまま腰を上げ、後ろ向きに進んだ。レーンの端に身体を寄せた。トカゲは左の重ねたデスクの方に向かった。なんとかこのままトカゲを足止めしてSITが到着するのを待ちたい。沼田と遠野のことが気にかかるが、どうしようもない。

しばらく何の動きもなかった。倉庫の中は不気味な静けさに包まれている。段ボール箱の山は燃え崩れたが、まだ所々で小さな炎を上げている。

トカゲがデスクの辺りにじっとしているとは限らない。不用意に動けば、トカゲの銃口に身体を晒す危険がある。だが同じ場所にじっとしているのも危険だ。

滝沢はジャケットを脱いだ。いつでも飛び出せる体勢をとって、手に持ったジャケットを左のレーンの後方に向かって放り投げた。同時にライフルの射撃音がして、ジャケットが背中をとがらせて床に落ちた。

射撃音と同時に、身体を低くして右に走った。出入り口に近いレーンの端に身体を寄せた。

奥に目を向けると、遠野が車体に背中を預けて腰を落としている。力の無い顔を滝沢に向けてきた。床に血だまりができている。足からの出血はかなりの量だ。持っていた拳銃は大友に渡しているので素手の状態だ。あの位置にいられては、トカゲがそちらから姿を現しても滝沢は銃を撃てない。

「乗れ」

口と手の動きだけで指示した。遠野が足を引きずりながら後部座席に入った。

これでどちらから来てもトカゲを牽制できる。SITが来るまで。それだけを考え、周囲に目を配った。

突然、ライフル音が響き、ジープのボディに銃弾が当たる音がした。遠野が身体を起こしたのかもしれない。撃ったのは左奥のデスクのある辺りからだ。

天井に近い明かり取りの窓から月明かりが差し込んできた。風で雲が流されたようだ。人が動けば確認できる。

ジープの向こうで何かが床をするような微かな音がした。

来る。片膝立ちの姿勢でジープの方に銃口を向けた。

「動くな」

背後から声がした。一瞬で身体中の血が冷たくなった。

「銃を離せ」

落ち着いた声だ。シグを握っている手を離した。鈍い音がしてシグが床に落ちた。

「両手を上げて、ゆっくりこちらを向け」

黙って言う通りにした。

月明かりに照らされた男が拳銃を持って立っている。

トカゲだ。冷たい目を向けている。写真よりも頬がこけ冷酷さが増しているように見える。ライフルではなく拳銃を構えている。外す距離ではない。

「立ち上がって、銃をこちらに向かって蹴るんだ」

言われた通りにした。シグがトカゲの足元に向かって滑っていく。トカゲが足で止めた。滝沢に目を向けたままシグを軽く蹴った。シグは壁際まで滑っていった。

「不思議そうな顔だな」

トカゲの目が細くなった。

「この暗闇でジャケットを使ったのは悪くない。だが小さな音に注意を払いすぎたのは、致命的なミスだ」

トカゲは滝沢の背後を取った時点で、狙撃することはできたはずだ。それをせず近づいてきたのはなぜだ。

銃口はしっかりと滝沢に向いている。距離は二メートルほどだ。叫びだしたくなるような恐怖の中で必死に歯を食いしばった。

「三人はヤクザだな。お前は何者だ。警察ではなさそうだ」

トカゲはこの状況に至った経緯を知りたがっている。

「説明は難しい」

口の中が乾ききって喉が張り付いた。

ＳＩＴでもＳＡＴでもいい。予定通りなら、もう着いていてもおかしくない時間だ。工場を包囲して、この状況を目にすれば、トカゲを狙撃することも辞さないはずだ。時間を稼ぐしかない。

「警察の手先になっている連中がいると聞いたが、お前らがそうか」

「そうだ」

「紅蓮のキングを半殺しにしたのはお前たちだな」

黙って頷いた。

「あの男を倒したことは褒めてやってもいいな」

トカゲの目が再び細くなった。これがトカゲの微笑みのようだ。

「ヤクザ連中は、どうしてここがわかった。お前らが教えたのか」

「違う。奴らは裏の社会で独自の情報網を持っている。新宿の爆発に紅蓮が絡んでいるという情報を得たのだろう。ここには紅蓮を追ってやってきたはずだ」

「お前らがここに来たということは、警察が来るということか」

「警察も俺たちも、この工場のことは知らなかった。紅蓮の後をつけて、ここにたどり着いた。俺たちの仕事は紅蓮をおとなしくさせることだ」

警察が来る可能性があると知れば、トカゲは目の前の滝沢と遠野を撃ち殺して、この場を去る。口から出まかせでもいい。時間を稼ぐことだ。焦りと恐怖が身体中に広がった。

「俺たちのことは知っているのか」

「あんたたちが傭兵なのか。日本人の傭兵が帰国しているという情報は聞いている。だがここにいるとは思わなかった。知っていたらこんな人数で乗り込むほど馬鹿じゃない」

トカゲは表情を変えずに黙って目を向けている。何を考えているのかは、全くうかがえない。そのまま表情を変えず引き金を引く。それが一番ありそうなことだ。

「俺まで殺したら、雇い主との関係がまずくなるぞ」

トカゲは黙ったままだ。

「お前の雇い主は、俺たちを仲間にしたいと思っている。何度も接触があった」

「お前たちに、その気はない」

「もちろんだ。だがやつらは、俺たちを仲間にすることに自信を持っている。何か理由があるはずだ。俺を殺したら」

出入り口の辺りで、小さな音がした。

銃口はそのまま、トカゲが音のした方に顔を向けた。

トカゲが素早く身を伏せた。同時に銃声が響いた。滝沢は一瞬の隙を逃さなかった。

トカゲに飛び付いた。銃口が向いてくる。身体がぶつかるのと銃声が同時だった。こめかみの脇を熱風が過ぎていった。

床の上に重なって倒れた。銃を持つトカゲの右手首をしっかりと摑んだまま、力任せに肱を頰に叩き込んだ。二発目を打ち下ろし、摑んだ右手を床に叩きつけた。銃が床に落ちた。銃に手を伸ばした。トカゲがその手を払った。銃が滑っていった。トカゲが身体を捻りながら膝を突き上げた。脇腹に衝撃がきた。一瞬、力が抜けた。トカゲが身体を回転させ離れた。

「動かないで」

出入り口の方から近づいてきた影が声を上げた。

冴香だ。

冴香が身体を低くした姿勢で両手で銃を構え、さらに近づいてきた。トカゲとの距離は三メートルほどだ。

「両手を上げてそこにうつ伏せになって」

冴香が滝沢の隣まできて鋭い声をかけた。

トカゲは黙って冴香の言葉に従った。

「状況を教えて」

「残っているのは、こいつとランだ。ランがどこにいるかはわからない。奴は銃撃戦に加わるつもりはないようだ。ここから逃げるタイミングを見計らっているのかもしれない」

滝沢が答えた直後、後ろのレーンを飛び越えて黒い影が冴香に襲いかかった。冴香がシグを向けた。間に合わなかった。影の蹴りが冴香の首元に伸びた。冴香は、かろうじてブロックしたがシグが手を離れた。


滝沢が一歩踏み出すのと同時に、倒れていたトカゲが飛びかかってきた。咄嗟に身体を開いた。トカゲの手にはナイフが握られている。

トカゲが右手を振った。身体を反らせてよけた。目の前をナイフの光が走った。大きく後ろに飛んで構えた。

冴香と男が向き合っているのが目の端に入った。冴香に飛びかかったのは、姿を隠していたランだ。だが、そちらにかまっている余裕はない。トカゲがじりじりと間合いを詰めてくる。

同じペースで後ずさった。

トカゲの身体が低くなった。同時にナイフが目の前に迫ってきた。身体を床に投げ出して、かろうじて刃先をよけた。床の上を転がった。その勢いのまま立ち上がり何も考えず右に跳んだ。トカゲのナイフが身体をかすった。

再び、距離を保って向かい合った。トカゲはレーンを背にして立っている。

目の端に微かに動く人影が見えた。三本目のレーンの向こう側に顔が見えた。沼田だ。

トカゲの動きに神経を使いながら、沼田の動きも目の端で追った。

沼田がレーンの向こうから上半身を出し、銃を持った手をレーンの上に載せた。

トカゲの目が細くなった。ナイフが微かに揺れた。

トカゲが一歩踏み出そうとした時、銃声が響いた。当たらなかったがトカゲの注意が一瞬乱れた。滝沢はその懐に飛び込んだ。右の拳を顔面に叩き込んだ。のけ反ったトカゲの股間を蹴り上げた。

トカゲがナイフを落として膝をついた。顎を蹴り上げた。トカゲはそのまま床に仰向けに倒れた。

滝沢は、壁際に落ちているシグを拾い、銃口を向けた。トカゲは動かない。

冴香の方を見た。冴香は床に膝をついている。ランの姿は見えない。

「冴香、大丈夫か」

トカゲから目を離さずに声をかけた。

「大丈夫」

しっかりした声だが、激しい息遣いなのがわかった。

冴香が立ち上がり、歩み寄ってきた。

「ランはどうした」

「銃声と同時にすごい跳躍でレーンの向こうに消えた」

「お前は、どうしてここに」

「SITもSATも動かないわ」

「どういうことだ」

「何が起きているのかは、わからない。だから私が来た」

佐々倉がミスをしたのか、それとも秀和を見放したのか。

「さっきの銃声は」

「沼田さんだ。負傷している」

沼田がいた方に目をやろうとした時、突然トカゲが身体を回転させた。シグで追った。トカゲは落ちていた自分の銃を握ると銃口をこちらに向けた。

躊躇わなかった。引き金を引いた。トカゲの身体が跳ねるように後ろ向きに倒れた。身体の周りの床に血が広がった。

思わずその場に膝をついた。構えたシグを下ろすことができない。殺さなければこちらがやられていた。理屈ではわかっている。それでも人を撃ったことの恐怖が身体中に広がっていく。

「滝さん」

冴香が声をかけてきた。

滝沢は、大きく息を吐いて冴香を見た。

冴香の目は落ち着いている。

「これで傭兵二人は死んだ。残りの一人は外だが、肩を撃たれている。この建物の中に残っているのはランだけのはずだ。そして外にはZがいる」

「始末屋ね」

「そうだ。大友が死ぬ前に言っていた。外からこちらを見ていたと」

「外でジャンパー姿の若い男が二人死んでいたわ」

Zが紅蓮の仲間の口封じをしたということか。

「沼田さんを見てくる。銃を拾っておけ」

冴香が銃を手にしたのを確認して立ち上がった。

慎重に辺りを見回したうえで、身体を低くしてレーンに沿って走った。三本目のレーンの陰に沼田がいた。レーンに背中を預けて腰を落としている。

「沼田さん、大丈夫ですか」

沼田が顔をあげた。右腕の肱の上にハンカチらしい布が巻いてある。絞れば出るほどの出血だ。右足の太腿からも出血している。足の付け根にコードが巻いてある。床を這っていたコードで止血したのだろう。足の出血の量は腕ほどではないようだ。

滝沢は自分のハンカチを出して、沼田の右腕の付け根をきつく縛って止血をした。

「すまん、右足がほとんど使えない。ここまでくるのが限界だった。まともな援護ができなかった」

沼田が歯を食いしばりながら言った。

沼田はダルマが破裂弾を投げようとしたのを見て、トカゲのライフルに身体を晒すことを覚悟してダルマを銃撃した。それがなければ、今頃滝沢たちは、ジープの中で金属片まみれになっている。

沼田の肩の下に腕を入れた。沼田は小さくうめき声を上げたが、そのまま腰を浮かせた。

ランとZがどこにいるかわからないが、SITもSATも来ないのであれば、こんなところに長居は無用だ。佐々倉を信用して、のこのこ出張った秀和が馬鹿だったということだ。

銃声が響いた。

顔を向けた。冴香が銃を構えている。

二本目のレーンの奥に男がいた。ランだ。窓から差し込む月明かりが横顔を照らしている。端正な顔に不敵な笑みを浮かべている。

再び冴香が引き金を引いた。

ランが跳んだ。驚くほどの跳躍力だ。レーンとレーンの間の通路に飛び降りた。冴香の銃がそちらを向く。ランが再び跳んだ。頭からレーンを飛び越え床で一回転して立ち上がり右に跳んだ。体操選手のような動きだ。冴香の銃は追い付かない。

ランが手にしていたスパナのようなものを冴香に投げつけた。

冴香が身体を捻ってよけようとしたが、距離が近くよけきれなかった。頭をかばった腕に当たり、その場に膝をついた。

レーンの向こうから身体を出したランが滝沢に顔を向け、余裕の笑みを浮かべた。そして身をひるがえし出入り口に向かって走り出した。

滝沢はシグを構えた。一瞬、トカゲの死に顔が頭をよぎった。逃げる相手に引き金は引けなかった。この状況なら、ランがいなくなるのであればそれでいい。そう自分に言い聞かせた。

工場を出てすぐに、ランが止まった。

目の前に黒い大きな影が立ちふさがっている。

ランが左にステップして蹴りを放った。空を切った。

二人の姿が月明かりに浮かび上がった。

黒の上下に、つばの小さな黒い帽子。黒い布で顔を隠し、目だけを出している。これが伝説の始末屋Ｚか。

ランがＺの懐に飛び込んだ。斜め下から顎に向けて右フックを放った。

Ｚは上体を反らして大きく一歩後ずさった。

パンチが当たったようには見えなかったが、Ｚの顔を覆っていた布が、ゆっくりと落ちた。Ｚの頬から血が流れている。

ランに目をやった。右手に持ったナイフが月明かりを受けて光っている。隠し持っていたナイフを出して勝負を懸けたのだろう。

パンチの間合いでよけたＺの頬にナイフが届いたが、それでもＺの方が一枚上手だった。

Zは頬の傷を気にした様子もなく、素早く間合いを詰めた。

ランがナイフを突き出した。

Zはナイフを手刀で叩き落すと、その腕を取り後ろを向かせた。背後から首に右腕を巻き付けた。ランを相手に、大人と子供ほどの違いがある。ランの足が地面から離れた。ランの身体を盾にする形になった。暴れる間もなくランの身体から力が抜けていった。

Zが腕を離すと、ランは糸の切れた操り人形のように、その場に真っすぐ崩れ落ちた。

Zがまっすぐ冴香に向かってダッシュした。

あっと言う間にZが冴香の前に立った。わずかに身体を左に寄せた。冴香を滝沢と自分の間に立たせる位置を選んでいる。

冴香は銃を持った手をだらりと下げたままだ。戦う姿勢ではない。キングと向き合った時の恐怖が蘇ったのか。

「冴香、逃げろ」

滝沢はシグを構えたまま大声で怒鳴った。

冴香は動かない。

Zが一歩、間合いを詰めた。

「冴香どけ」

怒鳴りながら、Ｚが見える位置に動いた。

「撃たないで」

冴香が振り向いて怒鳴り返してきた。

どういうことだ。自分で立ち向かう気か。かなう相手ではない。それはわかっているはずだ。

冴香が身体を戻してＺと向かいあった。

突然、Ｚが背中を向けて走り出した。

思いもしないその行動に、銃を向けることもできなかった。

Ｚは闇の中に消えていった。何があったのかわからない。

滝沢は冴香に走り寄った。

冴香は床に腰を落としている。

「大丈夫か」

冴香の肩を摑んでゆすった。

冴香は、Ｚが走り去った暗闇に顔を向けたままだ。

「お兄ちゃん」

冴香がつぶやくように言った。

「お兄ちゃん」

冴香が今度は叫ぶように言って立ち上がった。

「冴香、しっかりしろ」

滝沢は後ろから冴香の肩を摑んだ。

冴香は乱暴にその手を払い走り出した。建物を出て、右の山道の方に消えていく。しばらくするとエンジン音と共に冴香の赤いバイクが飛び出してきて、そのまま走り去った。

「どうしたんだ」

沼田が這うようにして近くまで来ていた。

答える言葉が見つからなかった。

「聞こえるか」

沼田が言った。パトカーのサイレンが遠くから聞こえる。SITであれSATであれ、このケースでサイレンを鳴らして現場に近づくことはない。

「警察が来る前にここを離れたい。翔太に、急いで迎えに来るように伝えた」

Zが飛び出していったのを確認して電話をしたのだろう。

車のクラクションが響いた。顔を向けると、翔太の運転する車が工場の前に来ていた。

滝沢は、ジープの脇まで行き遠野を引きずり出した。足の傷の痛みは激しそうだが意識ははっきりしている。脇の下に腕を突っ込んで立たせ、出入り口に急いだ。

翔太が沼田に肩を貸していた。

滝沢は、遠野と一緒に後部座席に乗った。

沼田が助手席に入るのと同時に、翔太が運転席に飛び込み、車を発進させた。山の奥に向かっている。

「この先に車一台が通れる道があって、相模原方面に抜けられる」

遠野がうめき声を上げた。悪路に入って揺れが大きくなっている。沼田もつらそうだ。

「翔太、うまく抜けられたら大久保に向かってくれ」

滝沢はスマホを手にした。角田に連絡して、二人を闇医者のところに運ぶつもりだ。

「わかった」

翔太の返事を最後に、誰も口を開かなかった。

冴香は確かに「お兄ちゃん」と言った。

そしてZは冴香を目の前にしながら、手を下さなかった。

都市伝説と言われる始末屋が、冴香の兄だということなのか。

彼女の過去は、Zとの関係は。考えても答えの出ることではなかった。

車は暗い山奥に向かってひたすら走っている。

43

一週間がたった。

滝沢は、渋谷の事務所でソファーに座り新聞に目を向けていた。

八王子の工場の件は、連日、新聞やテレビで報道されている。

警察は、半グレと暴力団の抗争と報道発表した。半グレグループの五人が死亡したとされた。ランと二人のチンピラに加えて、傭兵も半グレの一員として処理されたということだ。

傭兵の帰国を摑めず、テロを許してしまったことに対する、世間の批判をかわすためだろう。内部的には刑事局が警備局に貸しを作ったとも考えられる。

牙とZは逃げたということだ。

暴力団側は乗り込んだ二人が死亡したとされている。

さらに報道は、現場から爆発物とその原料が見つかったと伝えている。新宿で使われた爆発物と同じ成分のものだった。警察は、新宿の爆発事件に何らかの形で、この半グレグループが関わっていたとみて背後関係などを捜査すると報道発表した。

特別合同捜査本部は同じ態勢で継続され、警察の威信をかけた捜査が続いている。

あの時、佐々倉はSITを出す方向で動いたが、警備局長の知るところとなり、横槍が入った。SITとSATのどちらを出動させるか。ごく限られた上層部による暗闘が続いた。その時点で、すでに傭兵との銃撃戦は始まっていた。

最終判断は警視庁のトップである、警視総監に委ねられた。結論はどちらも待機というものだった。廃工場に犯人グループがいるという情報が正式なものではないことが理由だった。今の状況で、SITやSATを出動させて空振りは許されない。密かに刑事を一班、現場に向かわせ、事実確認をさせることになった。

佐々倉にとって、それは想定内のことだった。別の手を打っていた。

事前に八王子署で待機させていた警視庁の組織犯罪対策課を現地に向かわせたのだ。廃工場で暴力団と半グレの抗争が起きたという理由だ。これならば組対の担当事案だ。傭兵を押さえることができれば、何とでも言い訳は立つ。

佐々倉は、SITを出動させるのは難しいとわかっていた。だから刑事局の指揮下にある組対を動かせる状況を作りたかった。それが大友に傭兵の情報を流した理由だった。

佐々倉にとって、反社会勢力の命など、長官レースの道具にしかすぎない。法律の外に立っている秀和のメンバーの命も同じことだ。

沼田と遠野は、大久保の闇医者のところで応急処置をして、来栖が手配した都内の病院に運んだ。今も入院している。

怒りと虚しさ。今、滝沢の心を支配しているものを言葉にすれば、そういうことになる。紅蓮の頭を潰し、傭兵による新たなテロを防ぐことはできた。それだけが救いだ。

だが、これで終わったわけではない。

いまだに正体のわからない組織、スサノウが動き出したのなら必ず次がある。それもそう遠くない時期にだ。今はまだ、その目的すらわかっていない。

警察庁長官レースは、刑事局長が一歩リードしているらしい。しかし相変わらず足の引っ張り合いは続き、疑心暗鬼はさらに深くなるだろう。

捜査の鍵を握るのはキングの存在だったが、キングは八王子の事件の翌日、病院の屋上から転落して死んだ。

多摩湖畔の件は、新宿の事件と関連付けられていない。住居侵入と器物損壊の被疑者が病院で自殺、と報道発表された。警察の不手際として報道されてもおかしくないが、一連の事件の陰に隠れて、マスコミもほとんど扱っていない。

キングが自殺するなど、信じろというのが無理な話だ。Zの影が見え隠れする。

滝沢は新聞を閉じると、コーヒーカップを手に窓際に立った。

あの日以来、冴香は姿を消したままだ。

最後に口にした言葉の意味はなんだったのか。冴香とZ、そしてスサノウの間に何があるのか。考えてもわかるはずのない問いを何度も繰り返している。

窓の外に目を向けた。眼下には賑やかな渋谷の街が広がっている。新宿の事件など忘れたような平和な光景だ。だがこんな光景も一瞬にして惨劇の舞台になる。
それは今日なのか、明日なのか。
ゆっくりとカップを口にした。来栖の淹れたコーヒーは、いつもより苦く感じた。

本作品は書き下ろしです。
この物語はフィクションです。

双葉文庫

い-65-01

法外捜査《ほうがいそうさ》

2024年4月13日　第1刷発行

【著者】
石川渓月《いしかわけいげつ》

【発行者】
箕浦克史
【発行所】
株式会社双葉社
〒162-8540 東京都新宿区東五軒町3番28号
［電話］03-5261-4818（営業部）　03-5261-4831（編集部）
www.futabasha.co.jp（双葉社の書籍・コミックが買えます）
【印刷所】
大日本印刷株式会社
【製本所】
大日本印刷株式会社
【カバー印刷】
株式会社久栄社
【DTP】
株式会社ビーワークス
【フォーマット・デザイン】
日下潤一

ISBN978-4-575-52748-3 C0193
Printed in Japan